ME FIRST !

的各種設定、
念均為妄想的產
與現實毫無關聯的
品，切勿服用失當。
各位閱讀愉快。
另外也請各位了解，若因
「誤用」書中各種空想捏
造與噱頭而受到二次災害，
本人概不負責。

1.5
HUMAN ERROR PROCESSER
OPEN
POSEIDON INDUSTRIAL

攻殼機動隊 1.5

Programmed by SHIROW MASAMUNE

```
simg=new Array(25);
ng[0]="img/top/final07/pp.jpg";

: n=Math.floor(simg.length*Math.random());
ction Gazou2(){
cument.images["rimg"].src=simg[n%simg.length];
+;
Timeout("Gazou2()",3000);

ument.write("<\/center><img src='"+simg[n]+"' name='rimg' alt='random_img'><\/center>");
Timeout("Gazou2()",3000);
>
cript>
oscript>
g src="img/top/final07/01.jpg" alt="random_img">
                                        <td><marquee height="20" loop="infinite" vspace="0" width="628" bgcolor="#c6e7ff"><font color
                    </marquee>
                                        </td>
                                       </tr>
                        </table>
                        <table width="650" border="0" cellspacing="5" cellpadding="0">
tml PUBLIC "-//W3C//DTD HTML 4.01 Transitional//EN">
ml lang="ja">
           <head>
                        <meta http-equiv="content-type" content="text/html;charset=Shift_JIS">
                        <meta name="generator" content="Adobe GoLive 6">
                        <style type="text/css" media="screen"><!--
nk { color: #03f }
sited { color: #009fff }
over { color: #ff3 }
dy { color: black; font-size: 12px; font-style: normal; line-height: 18px; font-stretch: extra-expanded; background-color: white }
ment { }
{ font-size: 12px; font-weight: bolder; line-height: 16px; font-stretch: extra-expanded; padding: 1px 5px; border-style: none none do
{ font-size: 12px; font-weight: normal; text-align: left; margin: 0; padding: 0; top: 25px; float: left; border-style: solid solid dotted ins
{ font-size: 12px; font-weight: bold; line-height: 18pt; background-color: #f90; margin: 1em 0; padding-left: 15px }
{ font-size: 12px; font-weight: bold; margin: 5px 0 5px 5px; padding-left: 5px; border-left: 5pt outset #39f }
{ font-size: 12px; font-weight: bold; background-color: orange; padding: 1px 0 1px 5px; border-style: none none dotted outset; bor
{ font-size: 12px; font-weight: bold; background-color: #3f0; padding-top: 1px; padding-bottom: 1px; padding-left: 5px; border-left:
le { font-size: 12px; line-height: 20px }
{ background-color: orange; border: solid 1pt black }
02 { padding: 3px; border: solid 1px #505050 !important }
03 { background-color: #4d9bcc }
04 { border-bottom: 1px dotted #3f0; border-left: 6px ridge #06f }
05 { padding-top: 5px }
</style>

           <body bgcolor="#ffffff" leftmargin="0" marginheight="0" marginwidth="0" topmargin="0">
                        <table width="628" border="0" cellspacing="0" cellpadding="0">
                                       <tr>
                                                     <td><script type="text/javascript">

     <td valign="top" height="58">MISS MAGAZINE NEWS &amp; UPDATE<br>
          <IFRAME SRC="news_mini.html" marginwidth="2" marginheight="2" FRAMEBORDER="1" align="top" WIDTH="620" HEIG
     <td valign="top"><a href="http://www.yanmaga.kodansha.co.jp" target="_blank"><img src="img/banner/ym.gif" alt="" width="9
th="90" height="30" border="0"></a>     <a href="http://www.kodansha.co.jp" target="_blank"><img src="img/banner/kodansha.gif
th="90" height="30" border="0"></a>     <a href="http://mgnet.jp/" target="_blank"><img src="img/banner/net.gif" alt="" width="90"
ght="31" border="0"></a></td>
     </tr>
     <td valign="top">     <a href="http://www.tbs.co.jp/" target="_blank"><img src="img/banner/tbs_01.gif" alt="" width="88" heigh
der="0"></a>     <a href="http://www.fanta.jp/" target="_blank"><img src="img/banner/fanta_bn.gif" alt="" width="90" height="31" b
f="http://www.sphereleague.com/" target="_blank"><img src="img/banner/88_31.gif" alt="" height="31" width="88" align="top" bor
gn="top" border="0"></a></td>
     <td><a href="http://www.gyao.jp/idol" target="_blank"><img src="img/banner/missmaga_gyao.gif" alt="" border="0"></a>
et="_blank"><img src="img/banner/88x31bon.gif" alt="" border="0"></a>     <a href="http://www.ssksports.com/hummel/" target="
```

CONTENTS
HUMAN ERROR PROSESSER

這是我大約兩小時前拍到的影片……
不覺得我父親的走路方式哪邊不太對勁嗎？
荒卷先生……
附著在他左肩上的是什麼？
咦……？
是隻昆蟲子（IN-SECTRON）呢……
那是我們放在馬廄裡，捕蠅用的機器人「Rilis」……
真奇怪…
奇怪的是妳老爸吧。
都變死屍了還走來走去哩。

Rilis：正式名稱為 Evarcha・Fabrilis。
Evarcha〔希臘語〕良好的統治；Fabrilis〔拉丁語〕人工、手工之意。參考書籍《蜘蛛的學名與日文名》（クモの學名と和名），九州大學出版會。

01

FAT CAT Part. 1

1991

你說這話會不會太失禮了？
別臭張臉嘛……不然就太糟蹋妳特別噴的高級香水咧。
住口！你這傢伙……！
我的意思是啊…
妳因為想消除那股怪味用了除臭劑，對吧？但是沒有完全蓋掉啦…
那屍臭味可真令人不敢恭維勒。
……啊
我太失望了……
我以為身為父親故舊的荒卷先生會比我更瞭解他，所以才來徵詢您的看法…
打擾您了！再見!!
他其實並非在開妳玩笑…請妳看這個。

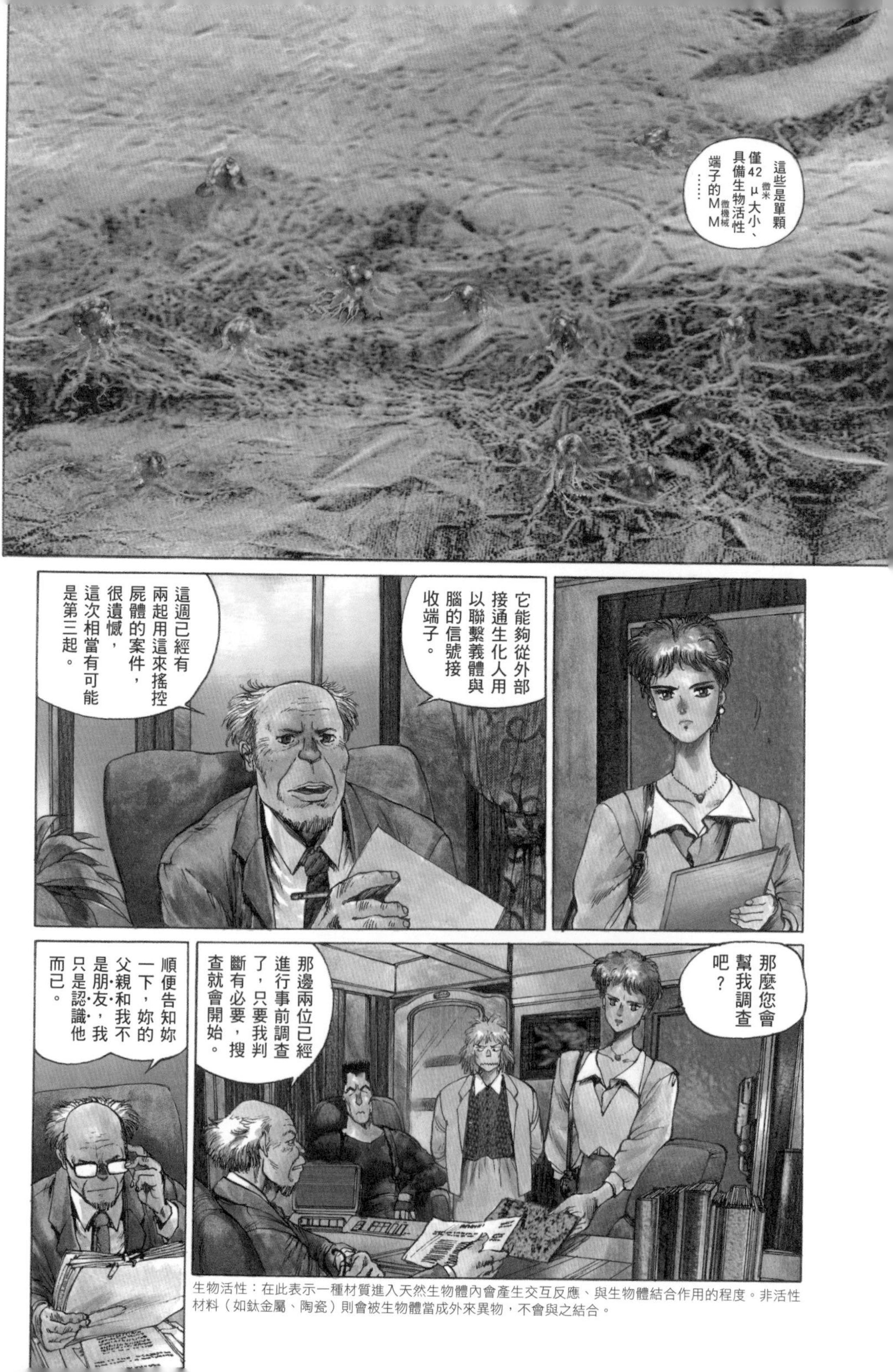
這些是單顆僅42μ（微米）大小、具備生物活性端子的MM（微機械）……
它能夠從外部接通生化人用以聯繫義體與腦的信號接收端子。
這週已經有兩起用這來搖控屍體的案件，很遺憾，這次相當有可能是第三起。
那麼您會幫我調查吧？
那邊兩位已經進行事前調查了，只要我判斷有必要，搜查就會開始。
順便告知妳一下，妳的父親和我不是朋友，我只是認識他而已。

生物活性：在此表示一種材質進入天然生物體內會產生交互反應、與生物體結合作用的程度。非活性材料（如鈦金屬、陶瓷）則會被生物體當成外來異物，不會與之結合。

什麼!?我聽聞貴單位是專門執行特別搜查的耶……
你職業欄寫什麼?
違法廢棄物處理業者。
請問……你們不用問我父親相關的事嗎?
除了「有錢又熱中政治」以外還有嗎?
還有的意思是…
啊,對了,妳資料上寫未婚,有男友嗎?
這是相當重要的資料唷!

我的個人隱私跟父親的狀況沒有關係吧！
可能有，可能沒有，不調查看看不行呀。
CLICK
……到了
那個……我家是在下一條街……
不好意思，我們不能送妳到家門口……
得請妳自己從這邊走路回去，明早我們會再過來接妳。
這也是很重要的事，對吧？
有請大小姐下車～

父親曾告訴我，若發生了什麼事就去找9課，他們很可靠。
結果呢？什麼調查都沒做，就擅自斷言父親已經是屍體，還問那些無意義的問題…人民的血汗稅金可以這樣被你們浪費嗎!?
我的鼻子可是比毒品狗還靈敏耶！
要是妳老爸沒死的話就是他身邊哪個誰死掉發出屍臭味了啦!!
嘖！
哈。
東間小弟你這樣不行唷，居然惹女孩子生氣…
你自己倒是一路裝乖是怎樣？
荒卷部長就是信了你的自吹自擂才會派到兩個人來辦這等案子，咱們誰也不欠誰啦！

毒品狗（緝毒犬）：一種警犬，被訓練成能夠用聞的分辨出毒品，並且找尋出來通知人們。指的並非是為了走私而用毒品製成謊稱藝術品的狗形塑像，也不是吸食毒品後癱軟的狗。

要是對年終獎金有點幫助的話我是很開心啦，可是部長跟那女人實在齁……
接下來——得用資訊服務網在這附近找個便宜的停車場才行……
咱們別浪費人民的血汗稅金吶。
T5（德古沙）終端，呼叫CPU——我拜託的事情怎麼樣了？
竊聽線路已經部署好了——兩名支援人員會於20：15抵達，十分鐘後可以傳送給你銀行帳號的調查結果，完畢。
ピピピピ
真不愧是前刑警啊！前置作業方式跟課本一模一樣……
不過真的要做到這種地步嗎？
刑警課本裡哪有可能會寫到竊聽。
說的也是唷。
PARKING
前兩件「屍體搖控案件」的受害者都是無業也沒有家累……
也就是說，那只是測試而已…我認為這次是來真的…

近來像上面那格裡的停車托盤有減少的趨勢，而以水平方向迴轉廂型車的方式則漸增。可以比倒車入庫省去一些力氣，較為便利。

三明治：這種時候可以單手拿著吃，很方便。德古沙買的是黑色麵包。有聽說就算拿著白色麵包，躲入暗處時迷彩效果也不會有什麼影響，但還是留神點比較安全。（用手遮著吃其實就好了。）其實比起食用時，拿出三明治時發出的聲音跟味道比較需要擔心……。（尤其那種大房子裡的狗都很恐怖。）

次日　AM 7：05
早安！
您早呀，大小姐
早安，奧德希德！安玻伊納！
昨天中午本來還吵鬧到不行，後來突然安靜下來讓我擔心了一下呢。
是喔？
啊。
啊！

不要叫那麼大聲給其他人發現就麻煩了。
你們兩位怎麼隨便闖進人家家裡
我要請他們換人調查！
ピピピ
聽過我們昨天忙一整天的成果，妳就不會這麼想了。
哈啊……
未經許可就闖進妳家，我深感抱歉，這一切是有原因的。
說說看吧。
很不幸，令尊確實被某個人遠距操控著。
雖然他到底算是還活著還是屍體，除非是專家，否則難以評斷
但可以確定的是，附近街上有台違停車輛裡有中繼機…
雖然車子的懸吊系統有調整過，但從輪胎下壓的程度就知道有問題啦。
呼

為了診斷令尊，7點半我們的鑑定人員會坐「救護車」來這…
正面玄關有個裝置，我們認為是「犯人用的監視器」
看到救護車跟醫療人員來，犯人勢必會來檢查中繼機。
目前派了兩個人負責監視情形，他們一有通報，我們就會去跟蹤他。
……
另外，請看這個。
令尊與不少政界顯要過從甚密…
那些是最近這幾天的買賣契約和政治獻金狀態。
巴西的三座化學工廠…六座人工島嶼、一間渡假飯店、兩座高爾夫球場…全部都賣掉了。
雖然交易途徑很多種，但對象全都是各黨很有勢力的議員…
所以調查重點就在於，令尊是具完全被他人操控的屍體，還是當中有本人的意志。
屍體又不會被提名為候選人，到底是想營造出醜聞的無聊陷阱，或者只是幼稚的犯罪呢…

手機在響喔。
什麼？
啊，對！
大小姐…不好意思，來了一台救護車…!?
啊!?那，讓它進來吧。
那傢伙又比本來約的時間早到了。
要來會診了嗎？
如果妳需要先沖個澡和換衣服的話，我們可以讓鑑定人員等一下，要嗎？
啊…不對！這張臭嘴又說了不該說的話…
那請先讓我離席去更衣了……失陪。
嗶—
櫃台呼叫爐灶。
西區第33路徑發現一台疑似敵人駕駛的拖吊車！正前往你們那裡，完畢！
已經來啦!?對方該不會也是專業的吧!?
真受不了
幸好我們有擴大拖吊車凍結區的範圍，不是嗎？

所以——那具不知道活著還死了的軀體在哪裡咧？
心跳加速
房子真大！
啊，他們剛剛說犯人現蹤了……
不好意思……！待會我再帶兩位去書房，請在這裡稍待一下！
泡茶的話，要紅茶唷。
啊——不要緊……不過妳要去哪裡？
若是能帶我們直搗他們老巢的話就真的太感激啦，
不過大概都是些小嘍囉而已啦。

這次之所以選擇底盤較高的車子，是因為便於跟蹤或監視，也很難讓人看到車裡，並非作者或是角色的興趣。

能夠持續監視24小時好幾天，也會是「厲害的小嘍囉」，勢必得提防啊……
一定還有其他人，而且組織行動嚴密……
來了。
!?
!??

嗚哇!!
按

糙！這渾蛋真好膽!!
丟
不站住的話，我這射擊技術很爛的同事就要開槍了!!
啊？
哇啊!!
ザ!!
喀

啊呵
!
妳怎麼會跑來這!?
啊，所以這個人是…!?
嗚……
沒事吧!?
……
光聽你們說，我還是無法相信……所以我想……
我想親眼看到犯人啊…

然後？
已經有人向犯人那邊洩漏「9課出動了」這件事…於是派了這男的來消滅辦事的小嘍囉和證據——
勢必要追究那女人。
他腦部只對兩件事記憶特別鮮明，一項是這一連串的行動，另外就是使用炸彈的方式
對整起案件相關的單字，還有取得炸彈的經緯，則都沒有記憶反應…
看來不會自爆就是了
德古沙，去找出這傢伙的巢穴，別忘了帶回他的聲紋和指紋！
東間，你去查小嘍囉那邊，要帶防爆小組去啊！
這案件似乎變得棘手了……
令我想起「傀儡師」……

02

FAT CAT Part.2

1991

前情提要

某天，「既是富翁，又熱中政治的早坂先生」，他的女兒造訪公安9課…
要你管！
公安9課
她不是美少女角色…
看到了嗎？我老爸怪怪的。
早坂先生
部長
嘿嘿…
小姐，他雖然在動，可是他已經死掉了唷——
你說什麼——!!
所以呢，
德古沙去跟蹤早坂
臭小子！坐電車就不要帶著摩托車！
歹勢啦
東間則是去搞定早坂宅第的「警報裝置」。
嘿嘿
吼喔喔喔喔
汪汪 汪汪
終於找到操控早坂先生的訊號中繼機啦，
他們假裝中繼機故障來引出犯人，過程本來都還順利…
ドカーン
轟
隆
バラ バラ
散落一地
犯人的小嘍囉給炸成黑炭，
而炸彈客又又是被他人操控。
我是誰？
結果只剩下記錄著「早坂先生幾盡傾家蕩產地送錢的對象」的名冊
政治人物
還有
早坂先生那具因為訊號中斷，變得癱軟無力的軀體
於是，德古沙前往炸彈客的住處
東間則是去小嘍囉的巢穴…

的確很有東間的作事風格啊，哈哈……
荒卷，你是為了工作來找我的吧？
咱們都很忙…就直接切入正題吧。
有件東西想給你看看。
如果是屍體的照片的話之後再說吧——我還沒吃早餐…
是名冊。
這東西你從哪弄來的？雖然我問了你大概也不會說吧。
我想要一些資訊，還是說這需要大臣送便條來才行？

算了，反正你遲早也會知道，應該沒關係吧……
這份是審核「是否要給予各圈廳『潘朵拉』的登入權限」的審議會成員名單，雖然裡頭少了包括我在內的4個人名。
潘朵拉裡頭可是記錄了滿滿的公安或軍事機密…
你的9課，還有我這邊的活動紀錄也全都在裡頭…
贊成方認為若是要與第三國建立情報網或者進行貿易時，潘朵拉的資訊也是非常重要的參考來源。
所以怎麼了？
……有傢伙不斷在撒錢……
你說什麼!?這樣的話，有人看到我們兩個在一起就會說「我們暗地裡在串通什麼」而引發軒然大波啊。
怎麼，你心中還妄想著將來升官嗎？
可惡…
怪不得委員人選還有議事進行過程不太對勁。
……這麼愚蠢的議題是從哪邊冒出來的？
工業技術院裡一位叫高岡的人
原來是這樣……
幸好有先跟大藏省（財政部）爭論過……
工業技術院是通產省（現為經濟產業省）的附屬機關。順帶一提，這個審議會是由相關各省廳派出的委員所構成，正常來說應該是各省廳間彼此妥協、交流，進行協調的場所，但這次卻很順利地通過單方面的意見，所以他才會說過程不對勁。會議紀錄並未公開。

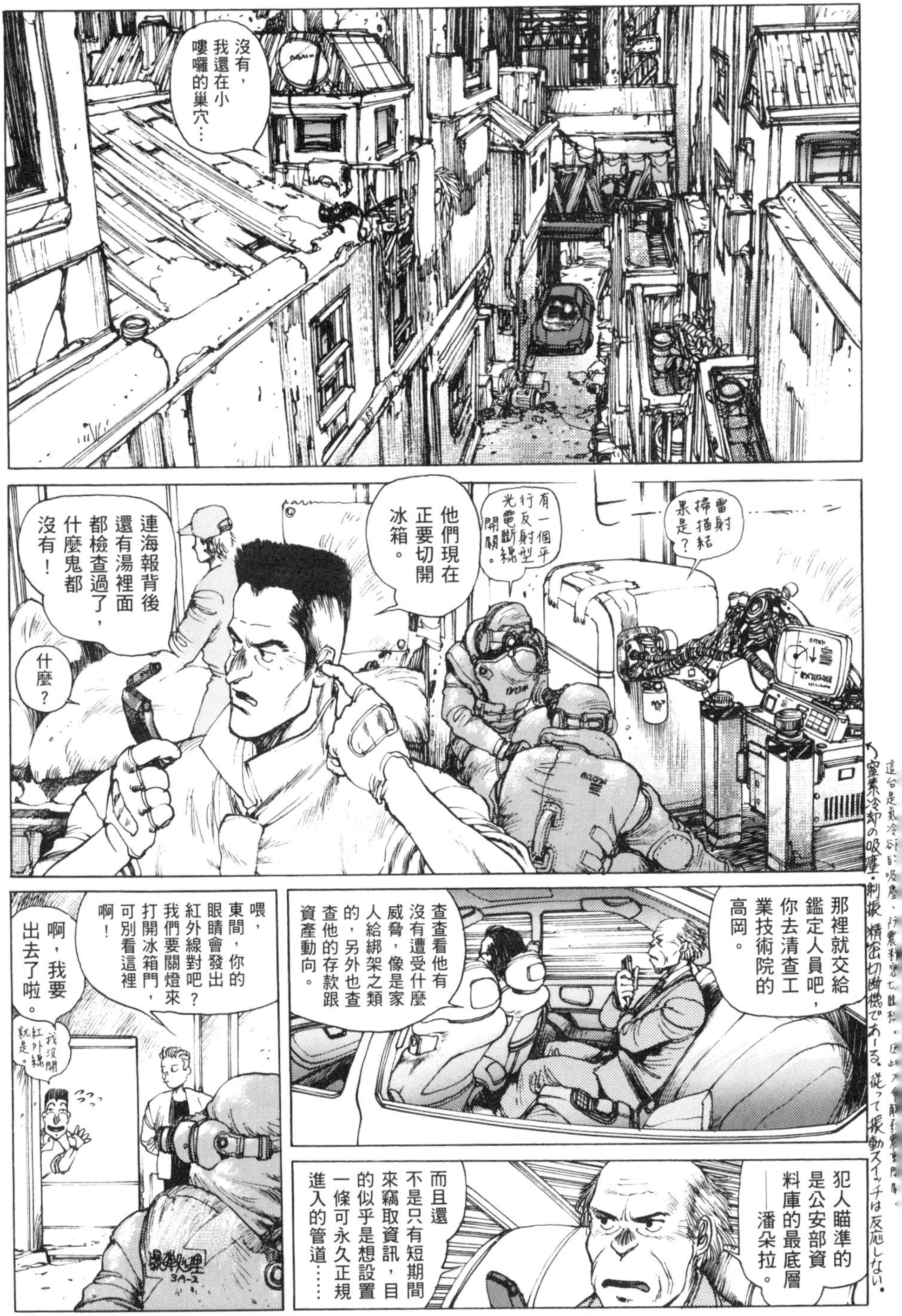
沒有，我還在小嘍囉的巢穴…
雷射掃描結果是？
有一個平行反射型光電斷線開關。
他們現在正要切開冰箱。
連海報背後還有湯裡面都檢查過了，什麼鬼都沒有！
什麼？
那裡就交給鑑定人員吧，你去清查工業技術院的高岡。
查查看他有沒有遭受什麼威脅，像是家人給綁架之類的，另外也查查他的存款跟資產動向。
喂，東間，你的眼睛會發出紅外線對吧？我們要關燈來打開冰箱門，可別看這裡啊！
啊，我要出去了啦。
我沒開紅外線就是。
犯人瞄準的是公安部資料庫的最底層——潘朵拉。
而且還不是只有短期間來竊取資訊，目的似乎是想設置一條可永久正規進入的管道……
窒素冷却の吸塵・制振 精密切断機である。従って振動スイッチは反応しない。
這台是氮冷卻的吸塵、防震精密切斷機，因此不會觸動震動開關。

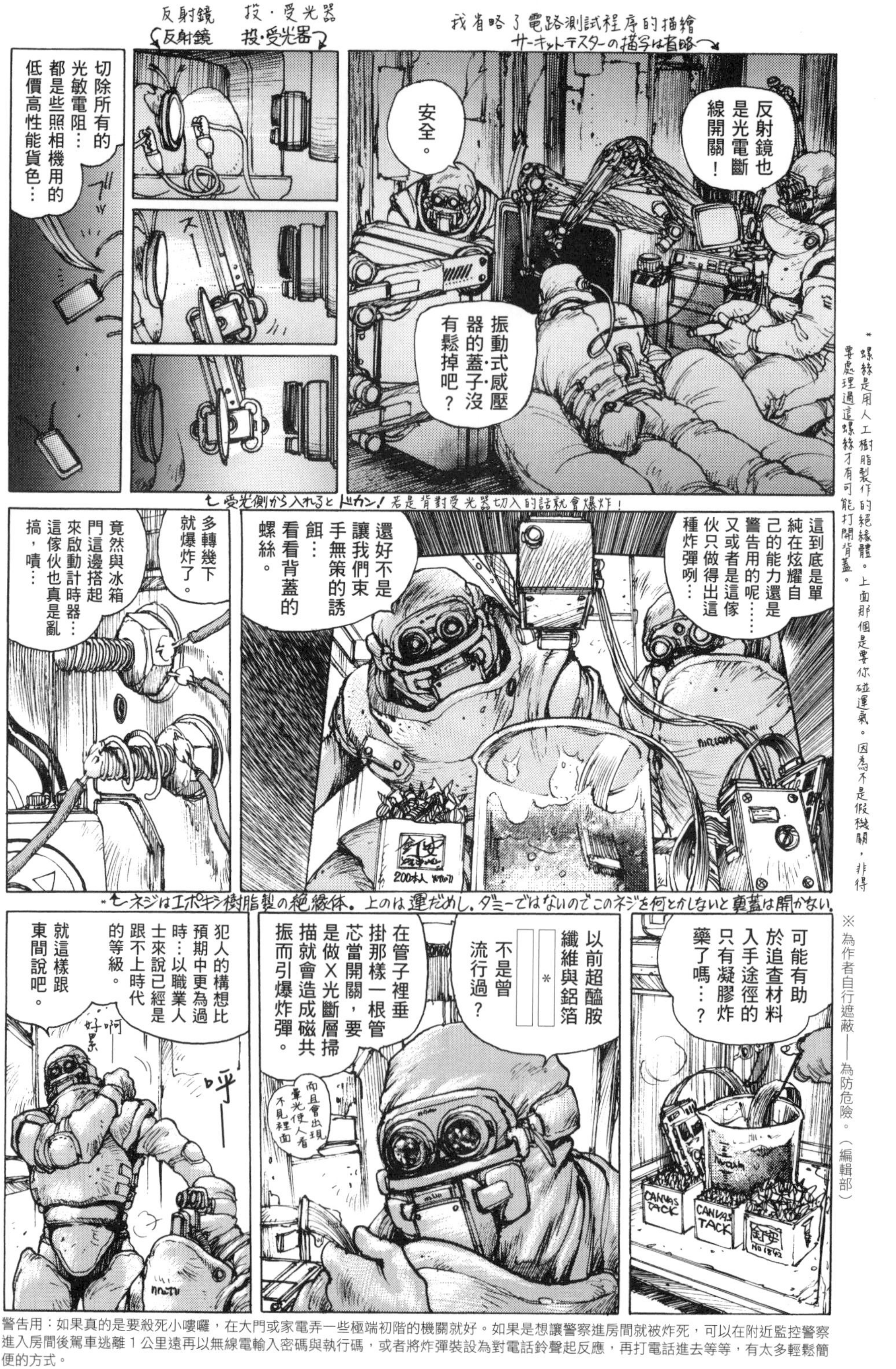
反射鏡 投・受光器
反射鏡 投・受光器
我省略了電路測試程序的描繪
サーキットテスターの描写は省略
反射鏡也是光電斷線開關！
安全。
振動式感壓器的蓋子沒有鬆掉吧？
切除所有的光敏電阻…都是些照相機用的低價高性能貨色…
←受光側から入れるとドカン！若是背對受光器切入的話就會爆炸！
這到底是單純在炫耀自己的能力還是警告用的呢……又或者是這傢伙只做得出這種炸彈咧……
還好不是讓我們束手無策的誘餌…看看背蓋的螺絲。
多轉幾下就爆炸了。
竟然與冰箱門這邊搭起來啟動計時器…這傢伙也真是亂搞，嘖…
*螺絲是用人工樹脂製作的絕緣體。上面那個是要你碰運氣。因為不是假機關，非得要處理過這螺絲才有可能打開背蓋。
*←ネジはエポキシ樹脂製の絶縁体。上のは運だめし。ダミーではないのでこのネジを何とかしないと裏蓋は開かない。
釘安
200本入
可能有助於追查材料入手途徑的只有凝膠炸藥了嗎…？
以前超醯胺纖維與鋁箔 * 不是曾流行過？
※為作者自行遮蔽——為防危險。（編輯部）
在管子裡垂掛那樣一根管芯當開關，要是做X光斷層掃描就會造成磁共振而引爆炸彈。
而且會出現暈光使人看不見裡面
犯人的構想比預期中更為過時…以職業人士來說已經是跟不上時代的等級。
就這樣跟東間說吧。
啊— 好累
呼—
CANVAS TACK
CANVAS TACK
釘安

警告用：如果真的是要殺死小嘍囉，在大門或家電弄一些極端初階的機關就好。如果是想讓警察進房間就被炸死，可以在附近監控警察進入房間後駕車逃離１公里遠再以無線電輸入密碼與執行碼，或者將炸彈裝設為對電話鈴聲起反應，再打電話進去等等，有太多輕鬆簡便的方式。

ピピピ
狀況回報！
是是。
我現在人到了炸彈客的巢穴，不過呢……
能不能派五～六個人來幫忙……
你如果以為我們的人手要多少有多少那可大錯特錯啦，我派兩個人過去，完畢！
可，可是……
嗶嗶
幹嘛？
那具屍體…不是，我是說，早坂先生的顧問律師與楠檢察官似乎要來總部。
你說什麼!?

嗶嗶嗶
喀
我撥了好久啊！
我才剛知會完電信局說要監聽高岡，馬上就出現一通可疑的電話！
廢話少說，講重點！
他打給屍體大叔簽約的法律事務所，
說「你們的客人被人當作屍體違法拘留中，趕緊出來處理！」
高岡現在人在哪？
他的通話是用車載線路，我想是要前往某個地方吧。
是嗎？
繼續監控，完畢…
嘖！
嗶！
總之現在才只是剛開始接觸的階段，接下來想必還有預定行動或者銀行動作——
人家說幸運也是能力的一部分，我這樣做得算不錯吧？
嘿嘿嘿
嘿嘿嘿

キュキ
我們絕對不允許這種如同上個世紀濫用權力的行為！
哎呀，這不是楠檢察官嗎？你什麼時候轉職為政治家啦？
讓開！
喂！
繼2030年9月的少年射殺事件之後咱們又碰頭了。這次我一定要追究責任到底！
荒卷老弟……你竟然把我當死人，太過分了吧！
啊，請不要直接對他說話……一切交談都請先透過我來進行！
總之請你們進來辦公室——
怎麼，你會害怕在大家面前說話？

你是從「早坂簽約的律師事務所」那邊聽到這訟案才連忙跳進來的吧。
根據調查他完全是腦死狀態，不可能打電話，是誰聯絡律師的？
是呀，他是不可能打電話，還差一點被你們給解剖了呢！
我們法庭見——失陪！
磅
等一下！
說點什麼吧，檢察官！
請問解剖是怎麼回事?!
無可奉告！
早坂什麼時候開始動作的？
我吃完飯一回來，他的律師跟檢察官就在了…他也是那時起來的。
目前雖然是沒事……但審議會一結束，早坂有可能會被襲擊……
而且恐怕會用讓人無法檢查腦袋的方式滅口。要注意啊！
齋藤，
是。
你跟志賀兩個去跟蹤早坂，找出操縱他的人或中繼機！

然後呢？
我到底該相信誰的資訊…
我父親是真的死了吧？
妳覺得我們9課說的是無稽之談嗎？
不，我真的不怎麼瞭解我父親…
…您或許會覺得很不可思議……
沒關係，總之，若有新的進展我們會再讓妳知道。

關於消息走漏的部分，那個炸彈客是竊聽了她朋友家。
保險起見，我查了通訊紀錄，發現她來9課的前一天和當天晚上講了很久的電話。
其他就沒有再從炸彈客那邊找出什麼……
那他怎麼取得凝膠炸藥的呢？
只不過是從陸軍特器偷來的。
另外，還有一件事無論炸彈客或是小嘍囉，都沒有證據顯示他們有收受任何報酬…財產與資產都只有他們自己的……
她想必很難受吧。
或許吧。
這種事只有她自己知道。
呃……
給予各圈廳潘朵拉的鑰匙這件事與高岡有什麼關聯性呢……
類似傀儡師的犯罪方式、不合時宜的炸彈製法…潘朵拉的鑰匙……

那麼現在開始第一次的口頭辯論。
檢方提出訴訟資料31423-2A。
被告提出訴訟資料31423-2D。
以上是第一次的口頭辯論。
對了。
為了讓下次的審理過程能順利進行，我有個建議。
兩位的爭論點在於哪一方所派出負責檢驗早坂先生的專門醫師比較值得信賴。當然，我知道你們各持己見。
所以我認為最有效率的方式，就是你們協議過後，選出一位公正且適任的第三方專家，由他來進行檢驗。

言い忘れてたけど このお話はフィクションであり 実在の司法や行政やPEとは無関係の妄想の産物です 念の為。
忘了說，這些故事都是虛構的，所以與真實世界的司法、行政或是ＰＥ都沒關係，只是些幻想的產物，保險起見提醒一下。

話說啊，明天早上9點早坂要在法庭受檢。
依老頭的意思，如果高岡是真兇，他一從律師那兒知道這件事的話，今天還是明早就會有什麼動作吧。
即使知道我們在監視他嗎？
一旦揭穿了早坂是屍體這件事，我們就能利用通聯紀錄把高岡硬逼上檯面對吧？
這樣潘朵拉的審議會也就化為白紙一張…
雖然沒辦法查清高岡背後的指使者，但還是能阻止他們得逞啦。
高岡的電話接通了！
OK，開始錄音！
對方是早坂的顧問律師——
沙
這是什麼!??
嗶
哈
…

幹嘛!?
啊!
怎，怎麼了!?
不要讓東間醒來，絕對不要讓他離開車子！
剛剛的錄音禁止重播，用防火牆封鎖所有的監聽線路——部長由我來聯絡！

如果您不是生化人的話，懇請不要模仿這種舉動。サイボーグでない方はくれぐれもマネしないで下さい。

* 早坂敏行

所有的企業，所有的關係客戶，所有的政治人物，全都裝作好像沒發生這件事……
對我來說，父親也好像很久以前就過世了。
過去他一味地追求金錢，想擴展自己的影響力……
付出這麼大的代價，究竟留下了什麼真正有價值的東西呢……
至少對他來說，這份工作是值得的吧……
「早坂的顧問律師」跟「證明他還活著的醫師」都是緩起訴……楠檢察官的檢察委員會則是「提出不起訴處分」。
楠檢察官暫時不會一直煩我們了吧。

潘朵拉那些的也付諸流水了，這案子就算是了結了吧。
除了「高岡之死」吧。
雖然我們沒辦法判定這次到底是高岡本人所做還是有人利用了他，整個事情的性質確實像極了「傀儡師」事件——
還有個找到瞬間機會燒死高岡的傢伙…
高岡當時進退維谷，打算操控「竊聽人＝東間」將早坂處理掉，同時陷害9課，
那傢伙看出這點，就等高岡的腦接上光纖電纜的那一刻…
既然那樣，我們可得在下個岔路左轉吶。
啊？
那裡除了一家PUB以外什麼都沒有耶…
這時候就是該喝一杯…
LUCKY!
不要動。
UNLUCKY……

03

DRIVE SLAVE Part.1

1992

那些傢伙還在追我們嗎!?
現在一片混亂，沒法偵測！
那快給我脫下這個悶死人的袋子吧！
囉嗦！沒說你可以脫下來，就給我老實地戴著!!
石田博士！在我們還沒查出他們對你腦袋到底動了什麼手腳之前請還是戴著吧。
東間，還有子彈嗎!?
要靠這些擋住敵人的話，有等於沒有啦。
我看是你槍法太菜吧!?
哼！

你是想測試究竟是這台車還是博士害我們用不掉跟蹤嗎？
降低你的體溫，遠離這台車！
反正都要偷車了，找一台速度快的吧。
這台是我的！而且這台其實也不是車。
為了防止被偷走，我連引擎都拆掉了。
嗶
這台可是隱藏火藥庫呢…別告訴那老頭喔。
哇
嗶嗶嗶嗶嗶嗶
你用6公釐的C-27A！

這把大得可笑的是50口徑的來福槍，一般用來攻擊戰車，有時也會用於狙擊。槍的細節部分是我自己設計的，但現實世界裡存在造型相當近似的槍支。C-27A是賽布洛的Compact 27年型50m壓制用輕兵器的名稱，子彈是6×25公釐的爆震彈（HESH）。

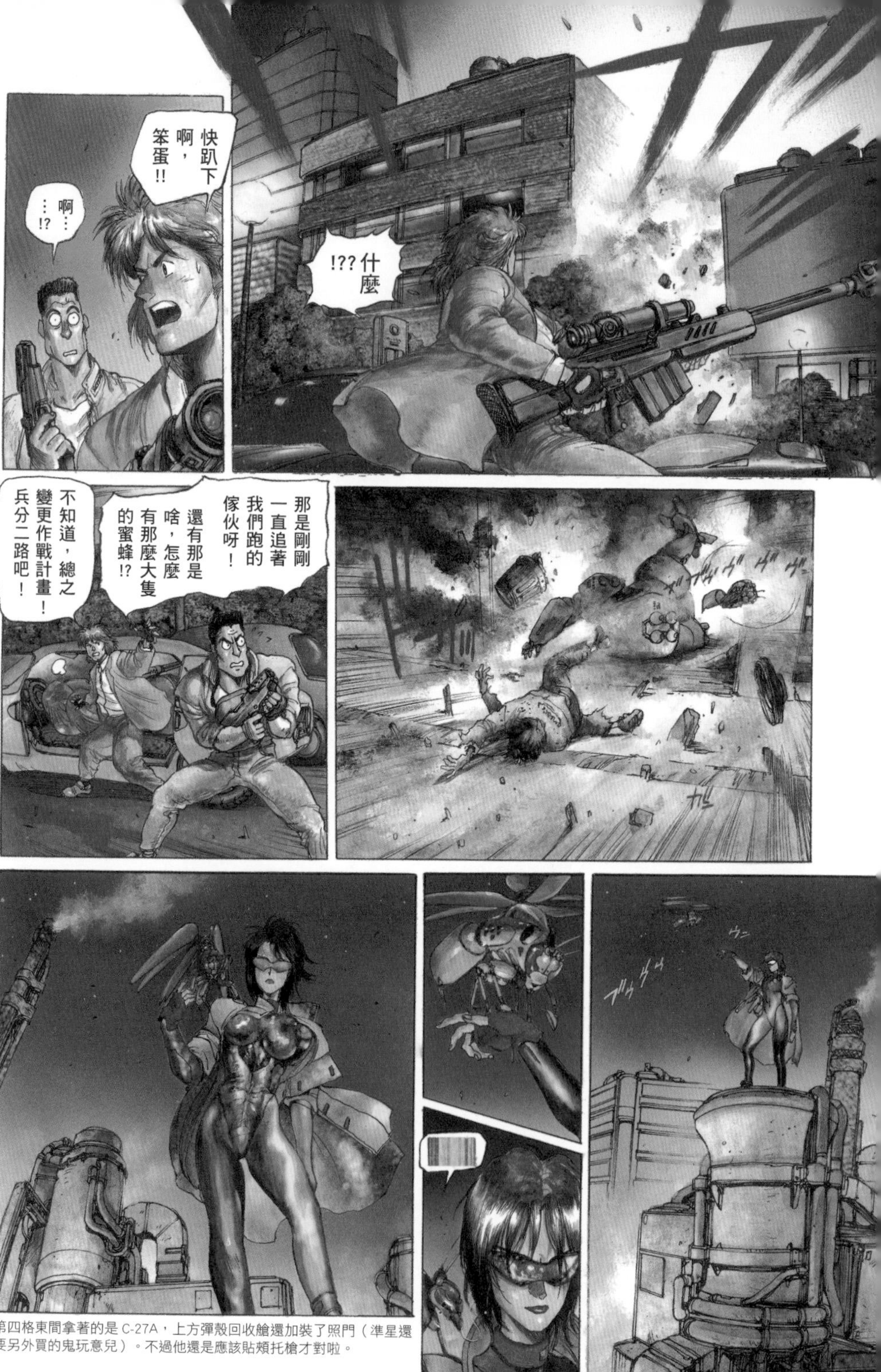
什麼!??
快趴下啊，笨蛋!!
啊……!?
那是剛剛一直追著我們跑的傢伙呀！
還有那是啥，怎麼有那麼大隻的蜜蜂!?
不知道，總之變更作戰計畫！兵分二路吧！

第四格東間拿著的是 C-27A，上方彈殼回收艙還加裝了照門（準星還要另外買的鬼玩意兒）。不過他還是應該貼頰托槍才對啦。

所以證人安全無事吧。
很好。
待會會運送補給品去警察醫院，會合後就安置他躲到出庭作證那天。
那裡
留在爆炸現場的東間不是比我更危險嗎？
搞不好會有其他爪牙要去回收那些傢伙的屍體跟武器…？
雖然只要我們的援軍比他們先到就行了…
backup
我覺得以這對手的程度，光靠死者的身分和武器的來源是沒法追查出來的。
所以呢!? 我可沒有要聽你的個人感想——完畢！
喂——能不能讓我出這袋子啦？
就跟你說不行啦！

嘰—
聽說你一個人手不夠啊？
唉，缺差不多4隻手嘍…
竟然被用完就丟的砲灰小嘍囉整成這樣？
這可是「肚子裡塞滿炸彈被遠端操作」的小嘍囉啊。
什麼玩意兒？
我剛趁他還有呼吸時侵入他的電子腦，發現額葉一點也不剩。
近來好此道的傢伙可真多啊……
怎麼可能啦
為什麼要大費周章在腦部動手腳…？
跟你說啦，那是因為這樣就像巡弋飛彈一樣難以捉摸，而且材料取得簡單又便宜，對吧？

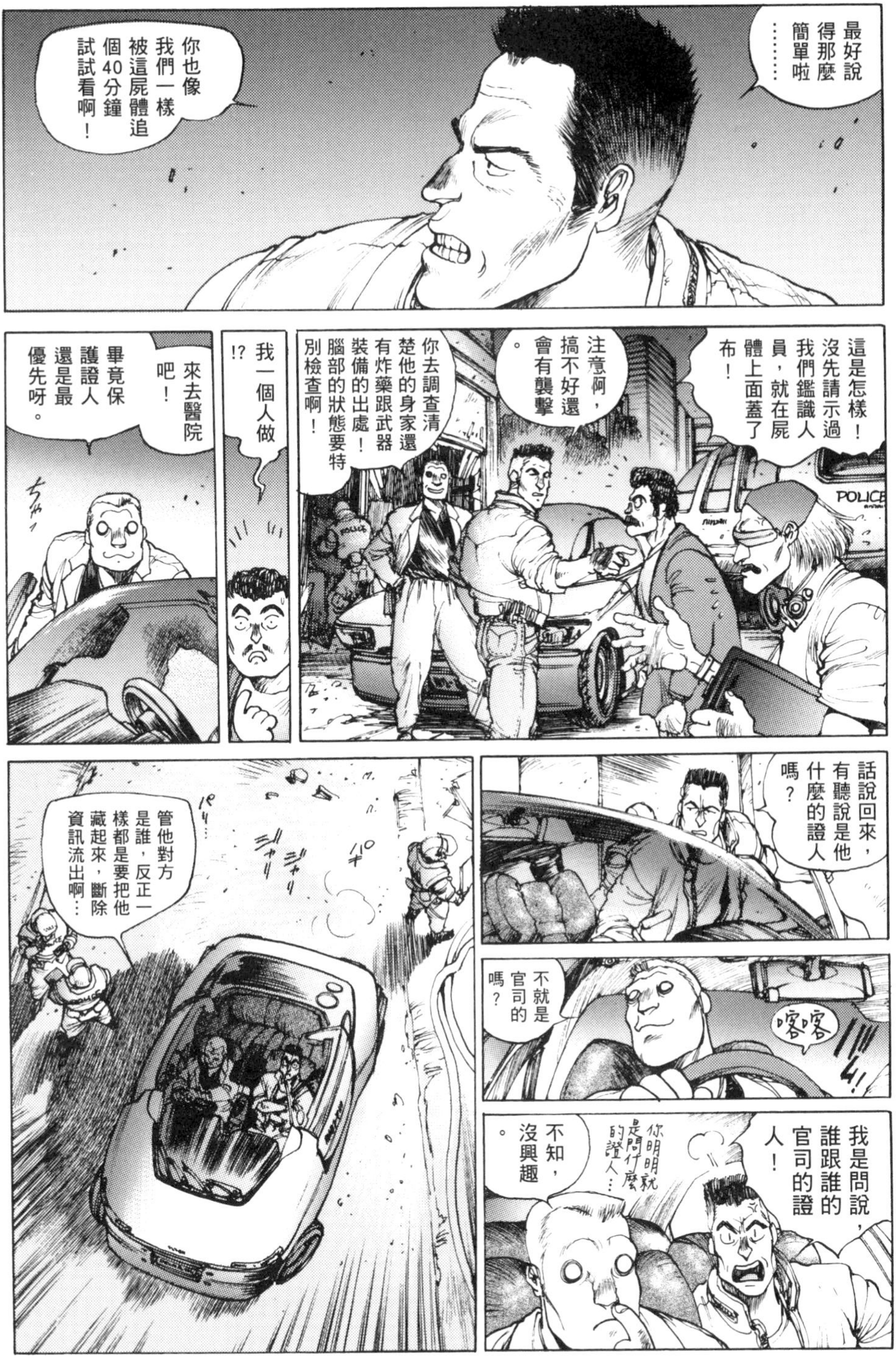
最好說得那麼簡單啦……
你也像我們一樣被這屍體追個40分鐘試試看啊！
這是怎樣！沒先請示過我們鑑識人員，就在屍體上面蓋了布！
注意阿，搞不好還會有襲擊。
你去調查清楚他的身家還有炸藥跟武器裝備的出處！腦部的狀態要特別檢查啊！
我一個人做!?
來去醫院吧！
畢竟保護證人還是最優先呀。
話說回來，有聽說是他什麼的證人嗎？
不就是官司的嗎？
喀喀
我是問說，誰跟誰的官司的證人！
你明明就是問什麼的證人…
不知，沒興趣。
管他對方是誰，反正一樣都是要把他藏起來，斷除資訊流出啊…

MICRO TELEMETER CORPORATION
MICRO TELEMET
CO.LT
黑澤博士，東洋Cybernetics公司的荒卷小姐來訪。
麻煩請不要進入P3──
終於來了…讓她進來！
到我研究室聊吧
我只是來進行事後維修（修理保養）的唷。這案子背後牽扯得比我想的還深…

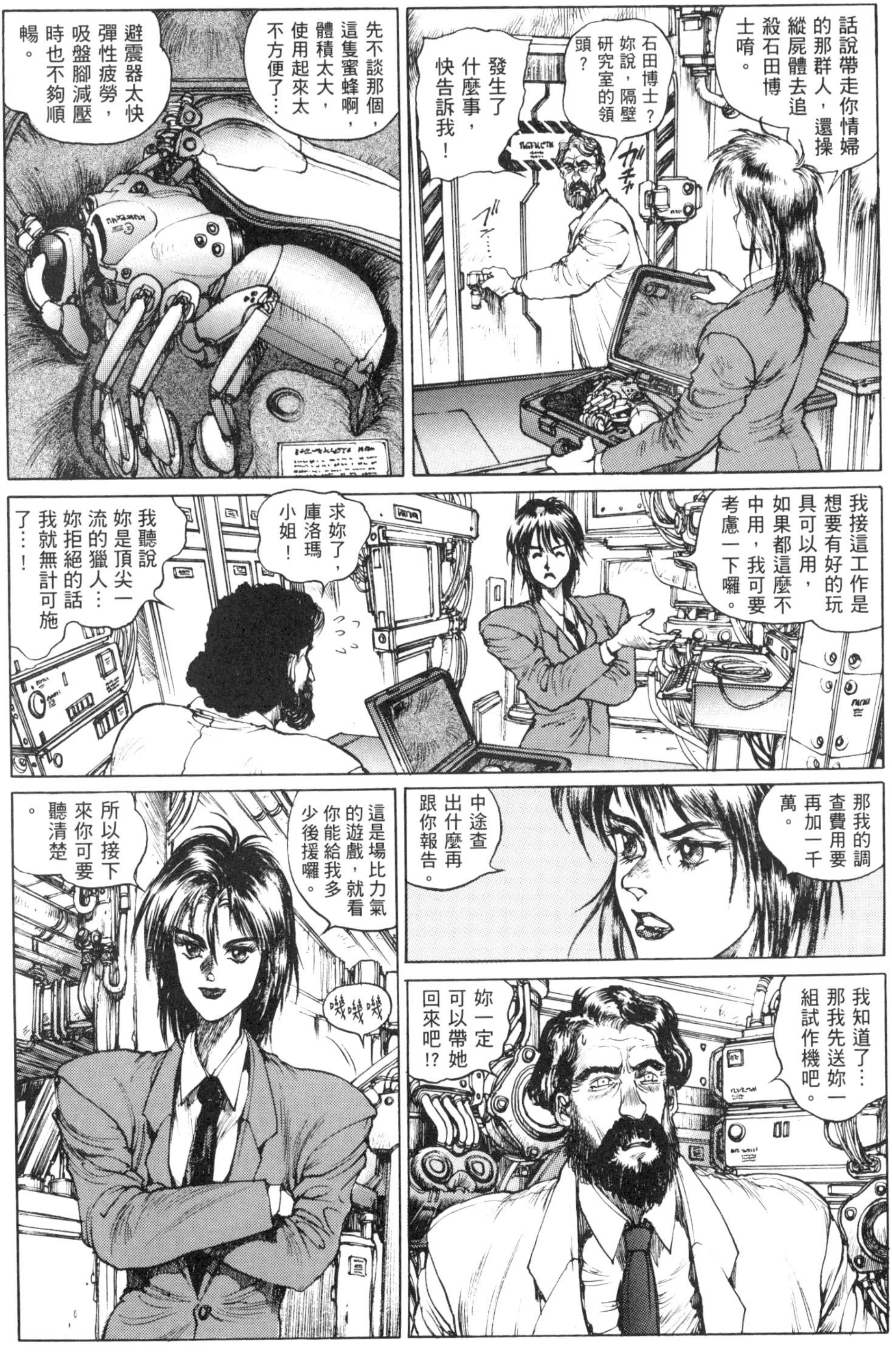
話說帶走你情婦的那群人，還操縱屍體去追殺石田博士唷。
ガチャ
石田博士？妳說，隔壁研究室的領頭？
發生了什麼事，快告訴我！
先不談那個，這隻蜜蜂啊，體積太大，使用起來太不方便了…
避震器太快彈性疲勞，吸盤腳減壓時也不夠順暢。
我接這工作是想要有好的玩具可以用，如果都這麼不中用，我可要考慮一下囉。
求妳了，庫洛瑪小姐！
我聽說妳是頂尖一流的獵人…妳拒絕的話我就無計可施了…！
那我的調查費用要再加一千萬。
中途查出什麼再跟你報告。
我知道了…那我先送妳一組試作機吧。
妳一定可以帶她回來吧!?
這是場比力氣的遊戲，就看你能給我多少後援囉。
嘰嘰嘰
所以接下來你可要聽清楚。

MT公司……也就是這裡，因為販賣有瑕疵的MM而遭到起訴。
相關部門就在隔壁，我想你多少有聽到一些傳言吧？
Nanoplant 公司檢測了那些有問題的MM，指出它們會產生副作用及危險性——
而MT公司卻向法庭提出了支持自己公司安全性信譽的檢測結果——
法官於是判定要由多個第三方機構進行公正的檢查——
卻有個混混自稱是受 Nanoplant 公司之託要去收買第三方——
是 Nanoplant 那群混蛋——！
恐怕是反過來喔。
石田博士因為告密舉報而遭到MT公司追殺…你情婦則可能是看到或聽到了什麼。
博士現在正在公安9課的掌控中。
操作屍體是MT公司的技術，可是補給槍炮和裝備的另有其人啊。
反正公安一定會設陷阱，我早晚會知道那是誰。
怎麼會這樣…公司居然這樣對她？
那如果我去跟副社長談
最好別那樣做。

公安9課是這部漫畫的原創部門，根據我手邊的資料，現在實際存在的公安單位有總務（包含特科隊）、公安１課（搜查學生運動、偏激份子）、公安２課（勞資爭議、集團犯罪）、公安３課（右派組織）、公安４課（資料蒐集、統計）、外事１課（非亞裔外國人犯罪搜查）、外事２課（亞裔外國人犯罪搜查）。9課是因應犯罪勢力交集而（接次頁）

對了，你說要給我試作品？這樣剛好，你的事情才不會被公司發覺。
反正還可以用「因為耐久性測試消耗光了」這老話當藉口……
這6隻都不是用旋翼，而是用70赫茲的頻率拍擊翅膀飛行。
妳可以想成是蟬在飛的聲音……
這是全世界最小的機動注射器吧……
那——裝設的注射筒大小上限是？
主副比10-4的毫米機器，到雙font等級都已經測試過了。
……
……那我就繼續「找尋並奪回她」兼作實戰測試囉。

（續前頁）集結菁英所成立的小規模組織（所謂犯罪勢力交集，比如說像是亞洲黑手黨與右派罪犯以毒品當作資金來走私武器或是意圖暗殺某企業要人，當中還有 FBI 潛入調查等等，啊～好麻煩），是握有強大優先權力的單位。9 課專門處理國內的事務，但對外宣稱是國際救難隊的一個部門。成員為挑選制，無法志願進入。

這房間的電磁屏蔽最好都是完好的啊！
唉——不要再亂動了，石田博士！我在幫你解開啦！
呼哈——
呃——你們是公安9課跟石田義治，是要檢查並摘除他頭部的違法MM微機械嗎？
是的，沒錯。

這裡並非表示只有鎳會因核磁共振而移動，我只是從其他如鈧到鋅等高磁化率的元素當中任意挑出這個似乎有可能被應用在電子腦MM或變壓器相關的鎳而已。雖然生物相容性不算好，但也有鎳鈦合金或者316號不鏽鋼等…當然作者沒做過實驗也不可能設計MM，但醫生講的「鎳」其實大概是指鐵磁性的NiO· Fe_2O_3（一種鐵氧體）吧。（鐵氧體是被用來做高頻變壓器、磁心記憶裝置之類的東西。）

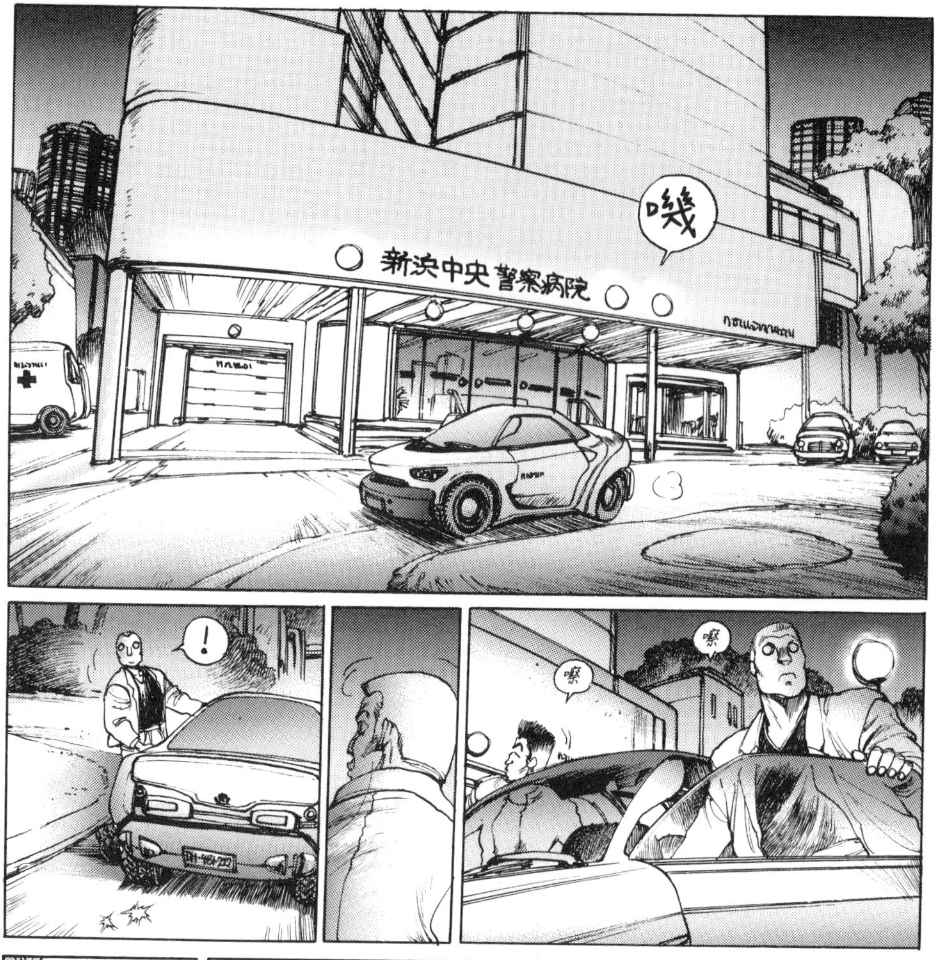

昆蟲子（自創名詞）：昆蟲尺寸（公釐～數公分）機器人的總稱。這是現在產量急速成長中的微機械技術應用範例之一，其他研發時設想的用途還包括驅除害蟲、生理細管醫療、內部攝影（似乎已有大型的實用案例）等。除了透過這種工學方式外，也有人考慮利用基因改造的生物來完成這類任務。與其當作機械人，把它簡單地看作一種裝備、裝置說不定比較合適…

前一頁的蜘蛛絲製造方式與真正的蜘蛛相同，是從腹部的儲存槽中把液體「噴出來」，可不是裡頭有什麼捲線器收著線（我以前就知道蜘蛛絲是與空氣產生反應才生成的）。即使不屬於結網性的蜘蛛，在緊急避難或是要攻擊時也會為了認路做記號而吐絲，換作是昆蟲子也不能不考慮到施加在絲上強大的黏滯阻力和張力，就算真空吸附了也勢必會斷掉…另外實際的蜘蛛絲是由一種叫絲蛋白的蛋白質組成，抗拉強度與彈性比尼龍還要好很多。

＊說，你對這女人知道多少

話題一直繞在蜘蛛型昆蟲子上真是不好意思，剛好想到一些事就來說說。若是昆蟲子每隔 1 ～ 2 公尺就在車子塗上富黏性的微型水珠，並從車子的正中央被拖著走的話，除非碰到變換車道或斑馬線，不然絲線斷裂的機率很低吧。（不過液體就會消耗很快…）這對於 1 公里間隔的跟蹤行動說不定會非常有用。（問題在於儲存槽的容量…不過橫帶人面蜘蛛好像就可以拉到 700 公尺以上…）

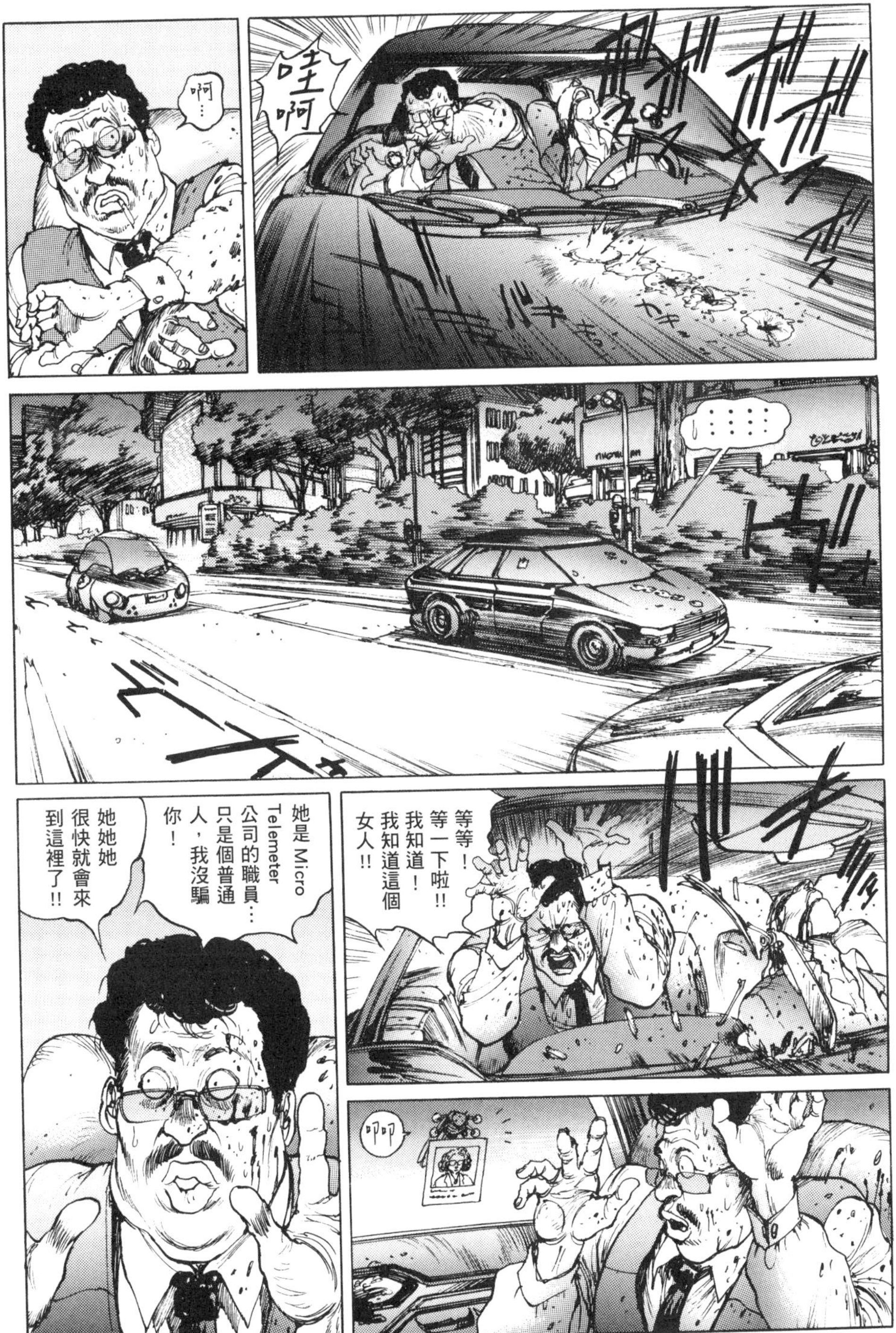

看到前一頁第 4 格的來福槍彈孔，一定有人會想問為什麼不是打出一個小小的圓洞呢？在此為各位解答，請想成由於射擊角度的緣故，子彈在貫穿前擋風玻璃時產生了翻滾。當然子彈是貫穿了整台車而打在人行道上，但汽缸畢竟夠堅固，還是沒有被擊穿。射擊的聲音因為距離很遠所以聽不見，瞄準器也不會反射出光芒。（至少在這部漫畫裡是如此。）

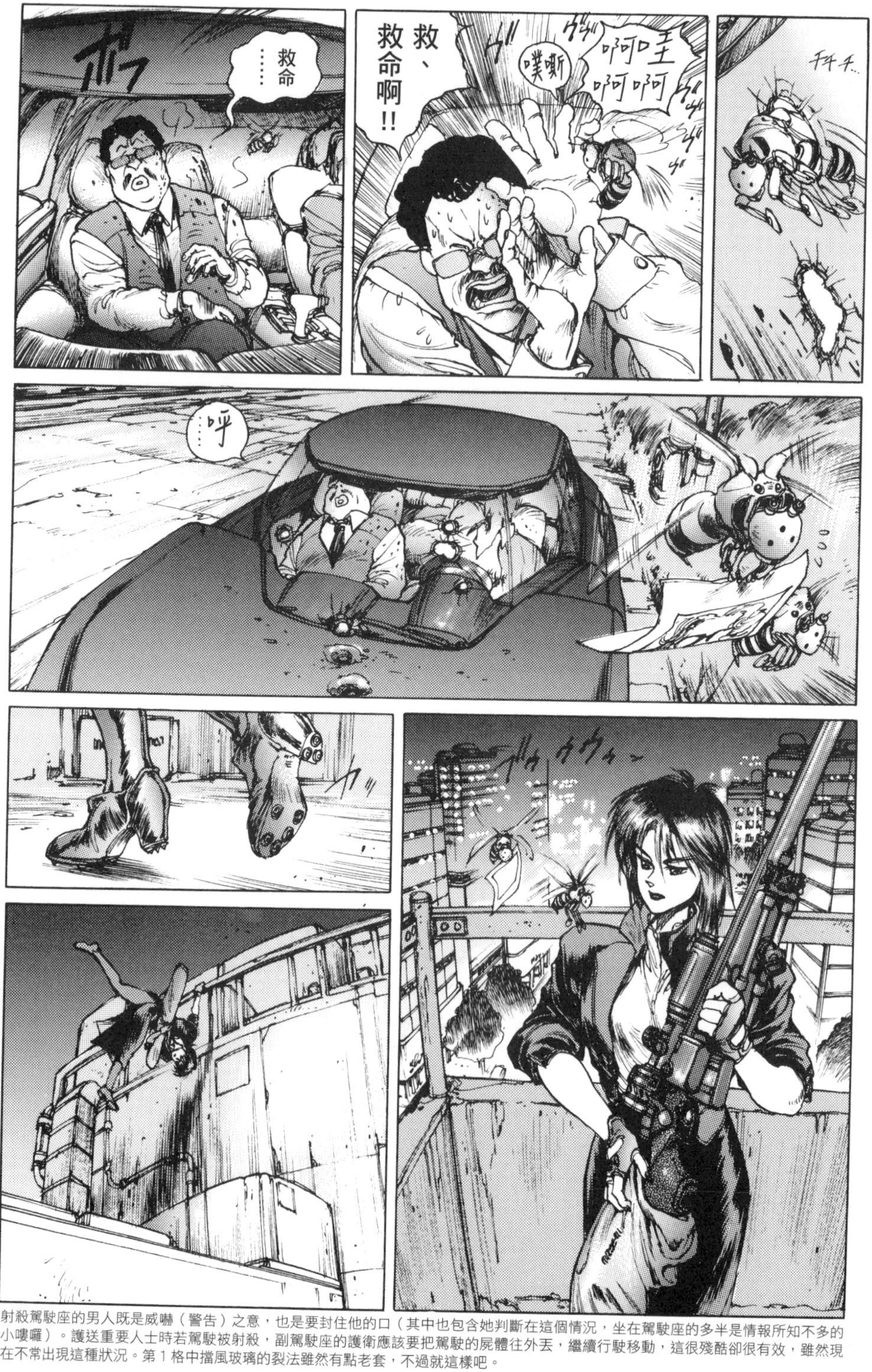

射殺駕駛座的男人既是威嚇（警告）之意，也是要封住他的口（其中也包含她判斷在這個情況，坐在駕駛座的多半是情報所知不多的小嘍囉）。護送重要人士時若駕駛被射殺，副駕駛座的護衛應該要把駕駛的屍體往外丟，繼續行駛移動，這很殘酷卻很有效，雖然現在不常出現這種狀況。第1格中擋風玻璃的裂法雖然有點老套，不過就這樣吧。

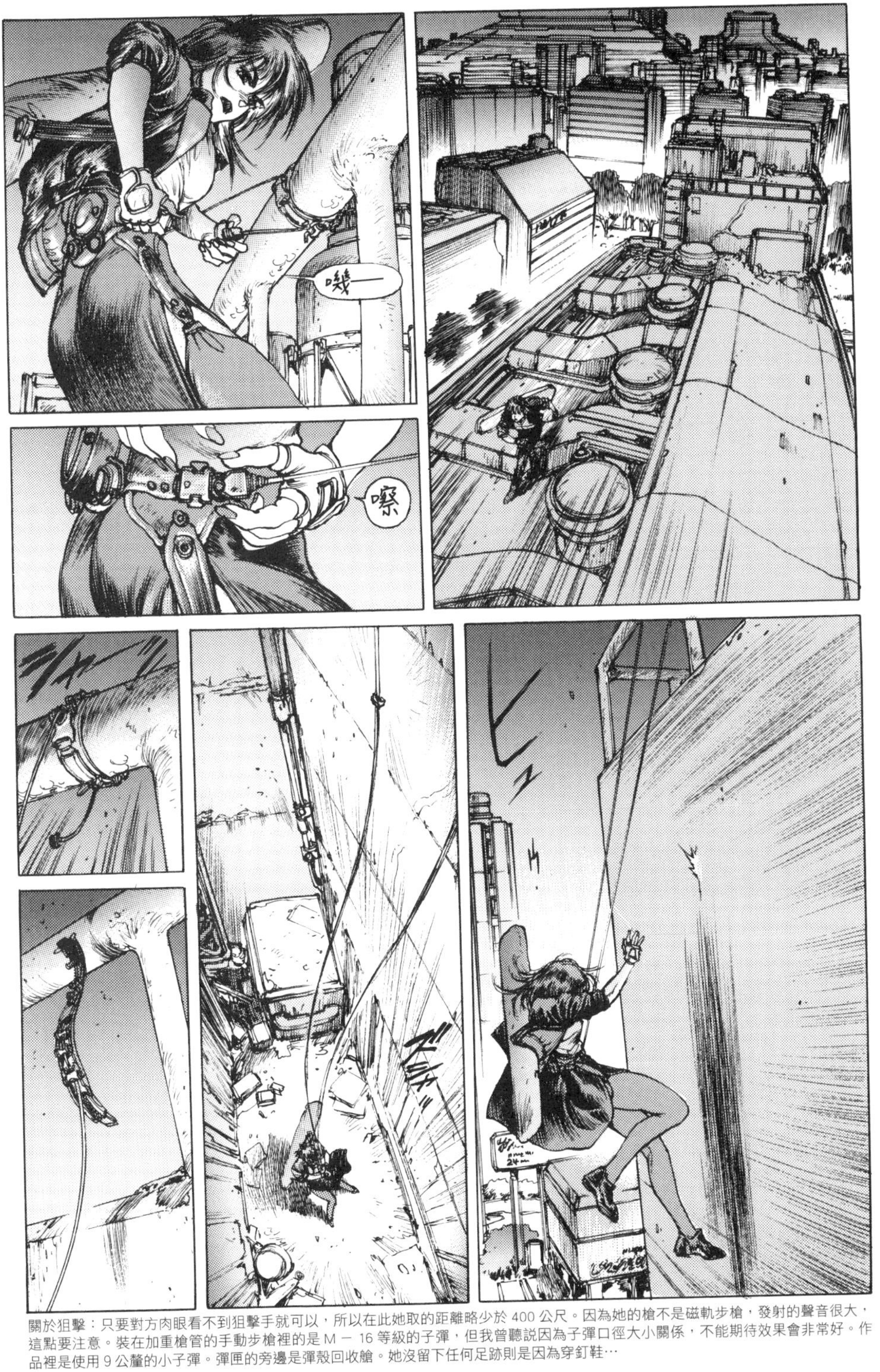

關於狙擊：只要對方肉眼看不到狙擊手就可以，所以在此她取的距離略少於 400 公尺。因為她的槍不是磁軌步槍，發射的聲音很大，這點要注意。裝在加重槍管的手動步槍裡的是 M － 16 等級的子彈，但我曾聽説因為子彈口徑大小關係，不能期待效果會非常好。作品裡是使用 9 公釐的小子彈。彈匣的旁邊是彈殼回收艙。她沒留下任何足跡則是因為穿釘鞋…

德古沙！
這裡被發現了！
趕快把證人移到別處！
這裡為什麼會……!?
消息走漏了嗎!? 該不會是大學長您被跟蹤了吧!?
你這小子最近挖苦的話還真是沒大沒小吶，算了，證人呢？
現在不能移動患者……
正在移除頸動脈爆裂物的途中…
誒～
遠距離手術結束前也只能守在這了。
幸好武器先到了。

此處所說的遠距離手術，並不是指把從地方患者採得的檢體送到中央大醫院檢查那種的遠距離，而是像在手術房看胃鏡影像動手術所延伸出的概念。在此是用在鏡頭於血管內移動、將「經電子處理的複合影像」傳送到螢幕，以剪刀、黏著劑、縫合釘等移除異物（太大就沒辦法了）的手術類型。

9公釐的C－27A竟然還裝了迷你榴彈耶！老頭居然會讓我們用這個!?
因為對方有人供應最新武器…跟公安負責人會談也有關，部長比平常更加投入。
幸運的是這裡警察醫院的警備很充足，隔牆也很厚實…
對方到現階段為止沒有在下戰術而是特攻型，相對來說比較樂觀。
真的是囉哩叭唆的一群傢伙…要不就有線對接談，不然就出去外面講嘛……
喃喃自語
ピ
ピ
ピ
ピ

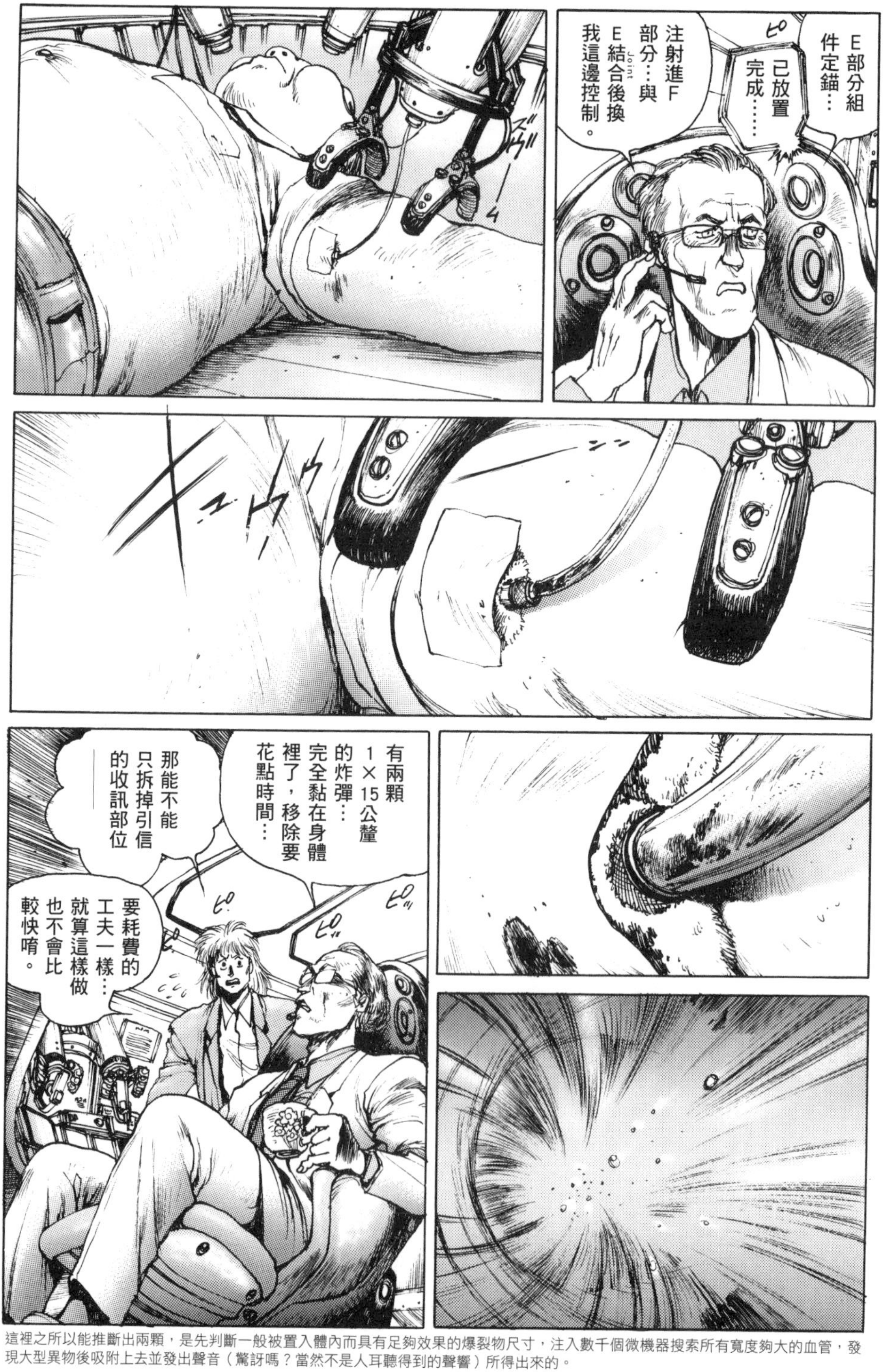

這裡之所以能推斷出兩顆，是先判斷一般被置入體內而具有足夠效果的爆裂物尺寸，注入數千個微機器搜索所有寬度夠大的血管，發現大型異物後吸附上去並發出聲音（驚訝嗎？當然不是人耳聽得到的聲響）所得出來的。

喂！你們三個有閒在那邊摸東摸西的話
快來跟我換班讓我去看守證人呀!!
啊——石川也在啊!?
他幫我們送武器過來，我就順勢請他留下來幫忙。
巴特，你可要好好看好證人啊，拜託了…我現在正透過警衛室的閉路電視監視醫院的四周。
我以為大叔你已經退休咧。
這麼固若金湯實在可以放心啦，接下來就看何時離開醫院了——
呼——…
這種警備程度是哪裡可以放心了!?
是誰!?
!?
嗚哇
是妳!?為什麼妳會在這…!?
少…少校??!
誰？啥!?
德古沙，你忘記「配發槍械的子彈都未入槍膛」嗎？
就算扣扳機也不會有子彈射出來，你真的是一點長進都沒有耶…
反應真遲鈍耶—

我的資料都有在9課的人事檔案裡，請你好好查閱，東間。
雖然我現在是叫庫洛瑪啦。
你們9課到底是怎樣!? 每個人都髒兮兮的快滾出房間——
む
所以？妳該不會跟敵方有掛勾吧…！
你安心吧，我對走私的武器或是MT公司的無良作為沒興趣。
我的目的只是「要盡可能沒有損傷地收回」這張照片裡的女性。
？？
？
那跟我們手上的案子有什麼關聯？
她快要作為「武器屍體」來到這了…這樣講你就懂了吧？
妳要我們抽手不理？
才不是……
希望你們幫點忙而已。
…
等一下…!? 妳不知道她人在哪裡卻知道石田博士的所在地，這是怎樣？
很髒耶…
妳到底是從哪邊得知這消息!?

啊!
鑽出
牠一直都藏在裡面。
耶
什麼!?德古沙老弟你被跟蹤了!?嘿嘿嘿嘿是嗎!?
嗚嗚
我看9課也快不行了……
嗯嗯
哈 哈…
新浜中央警察病院
旭本工業

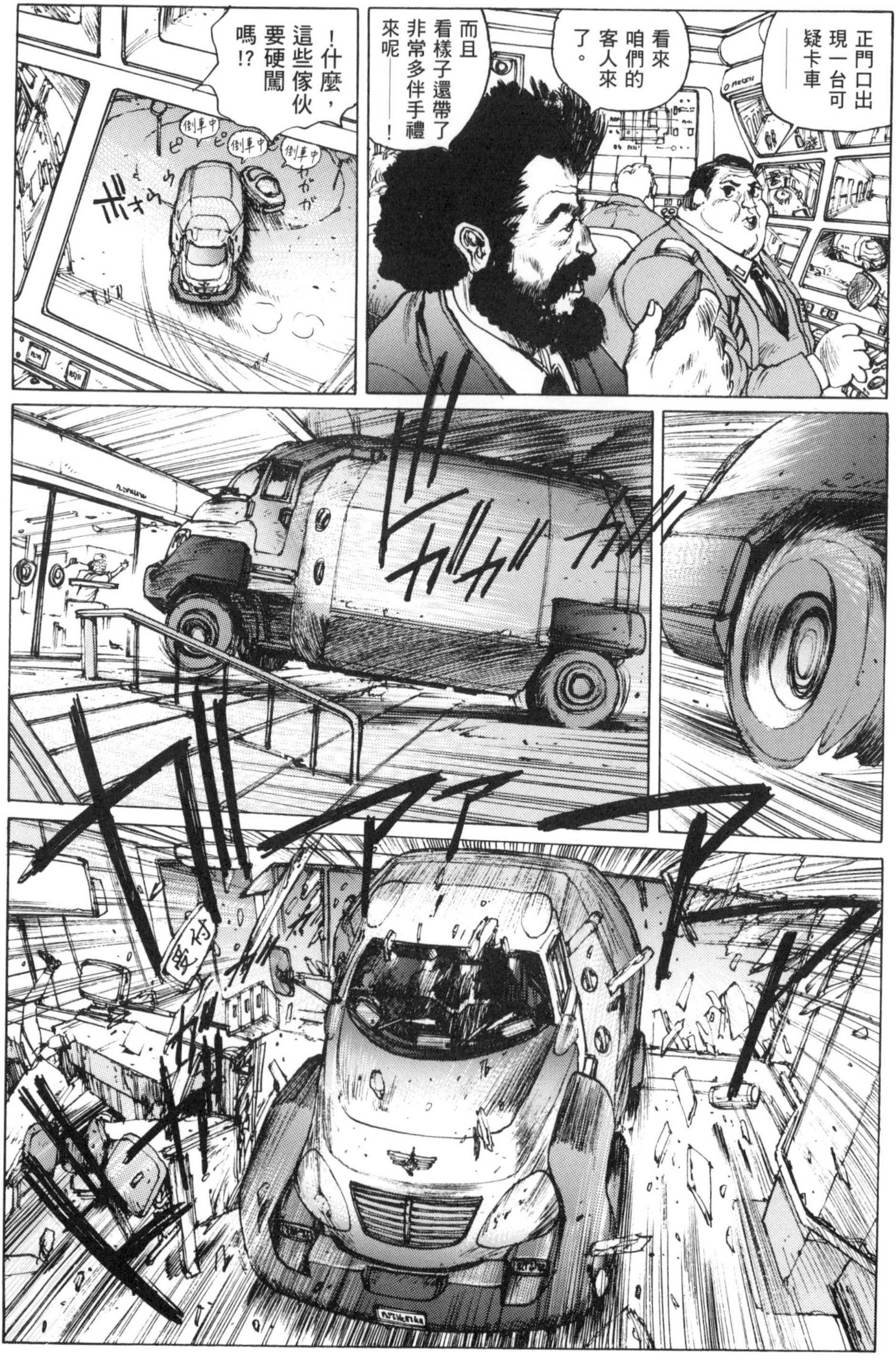
正門口出現一台可疑卡車——
看來咱們的客人來了。
而且看樣子還帶了非常多伴手禮來呢——!
!什麼，這些傢伙要硬闖嗎!?
倒車中
倒車中
倒車中

平常我們是不會說「消耗」槍械，可是炸藥和子彈是消耗品，要說「借用」也不對。要使用炸藥時不只是需要一般漫畫裡看到的「爆裂物使用許可」，還需要有「爆裂物消耗許可」。當然啦，只有使用許可證就跟你有駕照卻沒車子一樣，爆裂物本身只會根據消耗許可的分量發予配給。

霹
霹
嗚哇啊啊

持槍跑步的姿勢看起來可能怪怪的，那是因為他們上半身沒有左右晃動，只用下半身跑而已。就畫面來説，扭腰（就是讓槍枝左右擺動）跑步或許會比較帥氣，但是他們都受過正牌的訓練，怎麼樣都不會用耍帥的方式跑步。他們這樣的姿勢能大幅提高反應能力與穩定性。

嗚哇哇哇
我來入侵警備用電腦開啟灑水裝置，妳掩護我！
不要，你掩護我！
切，又被搶走主導權了…
喔喔，使用沙塵啊！
沒想到它連熱光學迷彩都配備啦——但是聽這運轉聲似乎不是戰車！
攻殼車到哪去了!?
它們出了點問題，全部被AI研究班帶走了。

!
×
呵呵
REPLAY
修正模式
REPLAY
妳那鈦金屬的頭蓋骨呢!?
妳的腦去哪了!?
我拿到資訊了！快離開吧。
來者是建造深海工廠的機器人——我們的武器根本不是對手！
妳不能爭取更多時間嗎？
別忘了我的目的是剛剛照片裡的女性

滋滋滋滋
嗚哇
怎麼辦!?要呼叫騎兵隊嗎!?
叫來收拾我們的殘骸嗎？

DRIVE SLAVE Part.2

1992

04

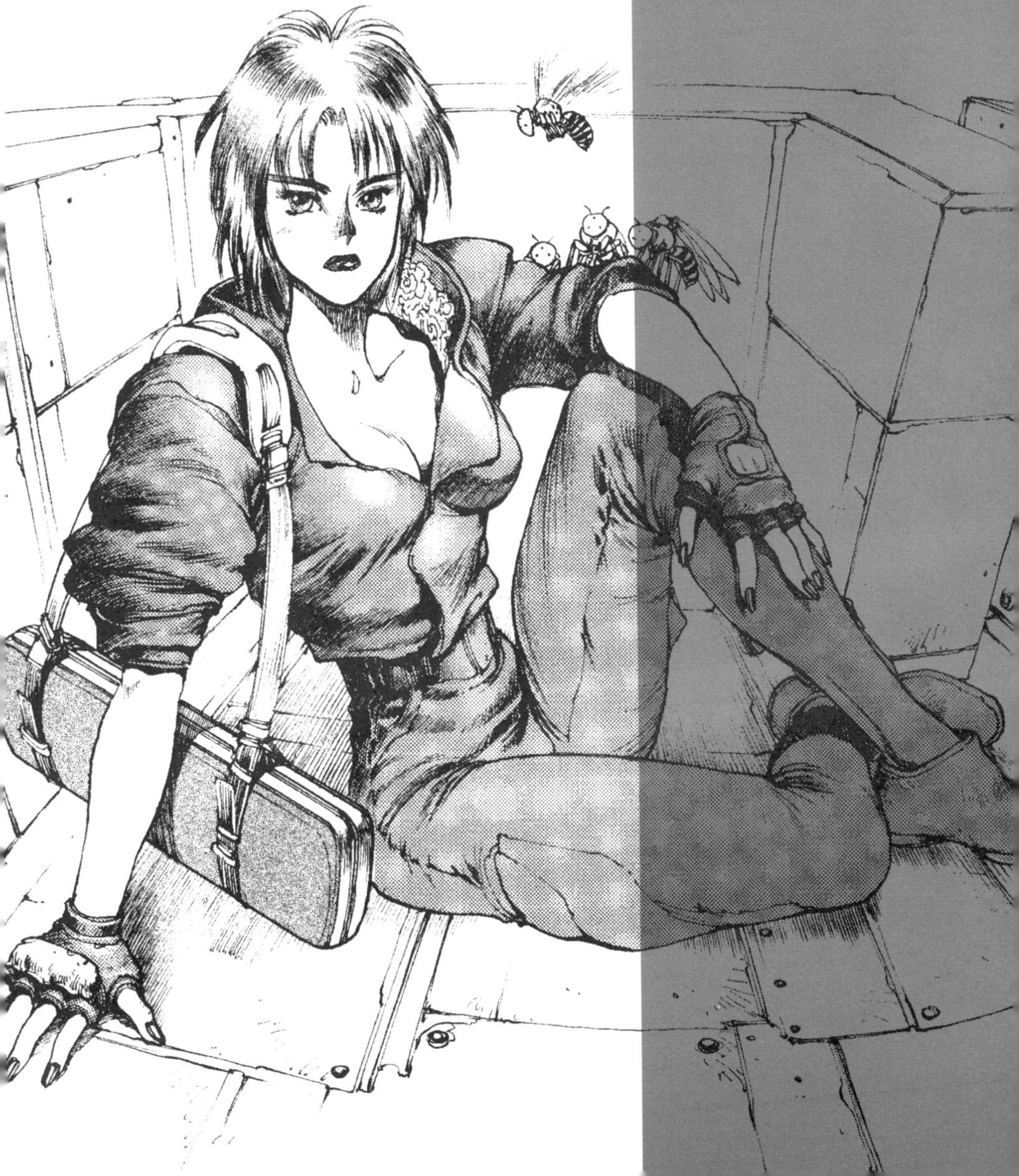

喀喀喀
幹嘛？沒電囉！？
不是，它在搜尋標的（證人）！
霹
啊
它不當我們一回事呀！
好好高興一下嘛！
畢竟咱倆的運氣一向都很背
我們用榴彈炸毀它腳踩的地方，讓它失去平衡應該會有幫助！
喀唧

喂！那樣我掩護不到妳啊!!

我要寫給那些看到這種機械就會輕蔑而笑的人，先不管它的外貌，現實生活裡已經有各種類型的機器人運用在不同領域，稱這種東西為科幻都已經差不多是過時的想法了。與這回出現的機械感覺最相近的是支援海底油井作業的6腳極端環境工程機械人，與核電廠機器人等共同發表，在部分圈子內頗知名。（雖然它是遠距離操作，稱作機器人可能有點怪。註：機器人並不存在嚴謹的定義…雖然日本工業規格ＪＩＳ出現一堆這個詞…）

這台6腳工程潛水艇不是用於潛入非常深的深海，所以是用鋁而不是鈦方面的材料製造而成。蜜蜂不會被自己的酸腐蝕則是因為它們是用塑膠樹脂和玻璃類的材料製造而成。這台登場時庫洛瑪稱為「建設用機器人」，這解釋方式並不正確。當然你是可以把它當機器人來使用，但是如果有人坐在裡面控制，還是應該當作是作業艇吧。當然它還是可以遠端操作…想知道與機器人武器有關的內容，去看 JAPAN MILITARY REVIEW 出版的《軍事研究》92 年 4 月號比較快吧…

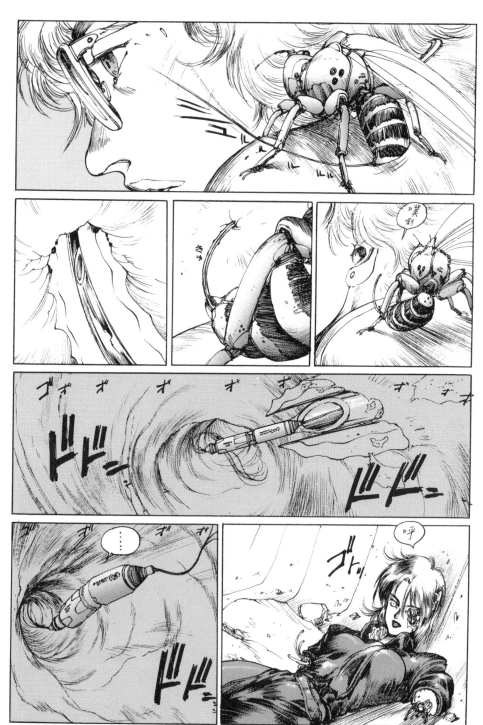

血管內的景象如果畫成像《聯合縮小軍》那樣有紅血球在裡面流來流去畫面上是不錯，但這種微型手術是設想由公釐尺度的機器進行，因此不會畫成那樣。（看起來應該像是粗顆粒的液體嗎？）這血管我覺得可能太粗，但也就這樣了吧。機械前端之所以會有呈鞭毛束一般，是為了要順流進去、透過調整長度來加減速度。後端則不是鞭毛而是維繫纜繩。第１格畫的是在甩除針管內的空氣。

可是要從哪裡搜索起啊!?
如果他們是用大支的傳輸天線就簡單多了…
在附近建築物的屋頂嗎?還是車裡?搞不好在醫院裡咧!
沒有時間全部都檢查了…!!
再不快點媒體就要來啦…
總之先從車子開始找起…!

嗶嗶嗶嗶
腦袋沒有任何損傷…!? 額葉也好好的…… LUCKY！
只是睡著而已嗎…這種操控方式跟傀儡師一樣…！
幕後黑手說不定是我的拷貝？
你也這麼想嗎？
它沒這種智能嗎…
嘰咻
呼

巴特，德古沙，親切如我就來告訴你們，戰車被我制伏囉。
哇喔！真是可靠的好夥伴♡
我這裡也找到一台被狙擊的車子，裡頭還有兩具屍體咧，到底是怎麼回事——
那是我幹的！副駕駛座的那個人只是睡著了而已——反正是什麼都不知道的小嘍嘍，聊勝於無啦……
べこん!
!
原來是用這台車跟通訊衛星連線!?
可惡！真夠混蛋!!

德古沙呼叫巴特…證人的手術結束了。
加上東間，我們三個要去躲起來了，接下來就麻煩你啦
ゴゴゴ
你們可要盡量努力躲好啊。
只要他們不知道證人所在何方就完全束手無策啦。
然後我們這邊就負責把ＭＴ公司的犯人都送進豬籠去…
!
ウルオウ
相對地剛剛我用的義體就頂讓給你去交差嘍。
反正無論是我還是這女的都算不上操控共犯，沒什麼問題吧？
應該要說那是搖控機器人吧？
巴特，這女的我帶走囉。
ドコドコドコドコ
啊！
誒??

寫報告的是德古沙不是我。
嗯——
這些從警察那邊選出來的傢伙可是異常的死腦筋啊…
我來幫妳跟部長解釋吧。妳欠我一次！
反正妳的本體是在南海的樂園還是哪邊悠哉吧？
下次招待我去玩吧。
Non, non, monsieur.
我也是用了通訊衛星和這台中繼車啊，我人在哪裡這麼要緊的事不可能告訴你呀。
萬一被接了枝可怎麼辦
如果妳想知道這次的幕後黑手就打電話給我，我會幫妳搜查啊！
我才要講這句哩。

……
被她逃掉了?
想必你跟她要了電話囉?!
啊!
嗚嗚~~~

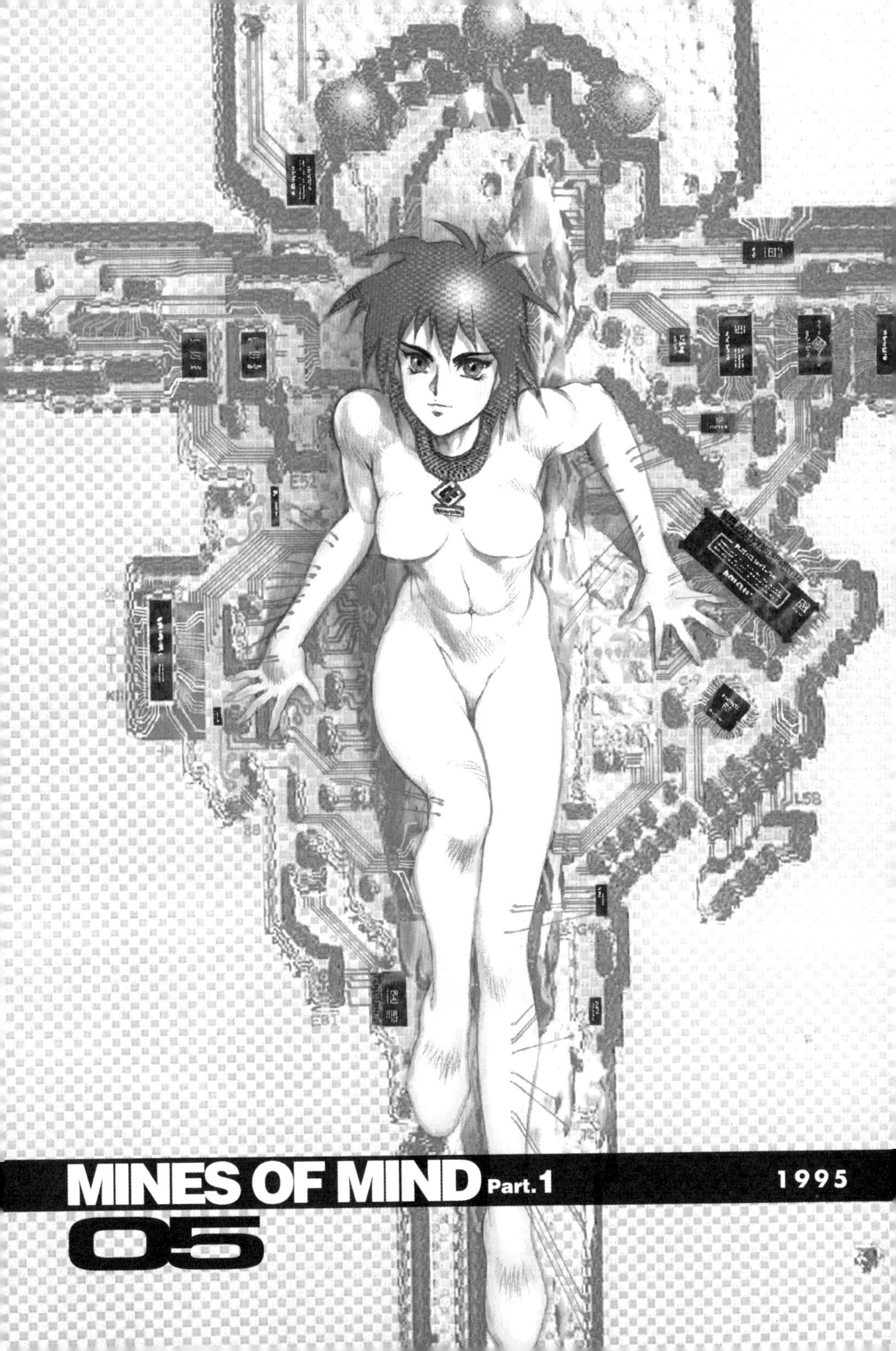

MINES OF MIND Part.1

1995

05

哎唷～討厭啦，又有優先禁止事項了喔。
我要找部長，聽說他在這裡？
啊啊，他才剛走掉…
誒，普羅托，你真的是有點缺乏幽默感耶。
咱們同樣內建CPU，要不要在差不多34小時後一起來次「並聯設定」，怎麼樣？
那是禁止項目，不可以這麼做唷！
部長在哪？
還在我的床上。
寇兒呼叫研究室。
這裡是研究室，暗號7是緊急時才能撥唷。
請幫我檢查一位作業員，她人現在在34號走廊，名牌是NO.18。

什麼狀況？
我問「部長在哪？」，她竟然回說「還在我的床上」。
這笑話既幼稚又無聊。
又是攻殼車……！
它已經無視禁止項目污染作業員的程式好多次了…
就從基本設定再重新多調整幾次吧。
喂，又有屍體出現了，緊急出動！
部長，找到巴特了。
他正潛入V C-α中
Virtual City
值勤時間還跟他的「女人」見面…？這傢伙真是讓人頭痛啊。
對方其實是95歲的男人…這事不跟他說一下嗎？
只要這不是哪裡的諜報員在設局動手腳，就沒必要告知他。
個人的隱私自由還是要尊重一下。

ON／OFFLINE：意即巴特希望在電腦空間外的實體空間與對方實際見面。ON 也就是 ONLINE，上線，意即在電腦空間裡。雖然巴特實際見到蘿法時也不會馬上就知道對方真正的性別與年齡，但她（他）害怕他會透過生活的周邊環境或親朋好友關係等等知道真相。

如此這般，所以我就來了…
耶，這裡進得去！
節哀順變嘍。
血濺得到處都是，真臭吶…所以這次是什麼案件？
52小時前「警方監視中」的武器非法販子嫌犯遭到殘忍殺害，這已經是第二件相同手法的案件…
132分鐘前才被發現——要不要看看我47分鐘前抵達的影片？
給我看給我看！
嗯
OH~
兇器是電鑽和廚房的攪拌器…全身嚴重殺傷，還沒有辦法確認受害者的身分。
地板被踩得坑坑疤疤
誰把這笨重戰車趕出去！
不知道是模仿犯還是尋仇，如果是性變態的話我可不是專家啊。
最近的破壞方式還真厲害耶~
雖然都還說不準，我們懷疑這起殺人是在對非法販賣武器相關人士示威，打算往鬥爭或尋仇的線索調查看看……

※ 這裡指的記憶是電子腦上的記憶，而非我們平常說的記憶。無論字典內各種語言切換、商業地圖、還是各種網路的存取密碼、祕件檔案等等，都是儲存在脖子的變壓器附近。其實就是所謂記憶體，但請不要問我「怎麼樣裝上去呀？」、「容量多大？」、「怎麼備份呀？」。電子腦裡不可能存載所有的檔案。

不好意思，請問能向您打聽樓上的事嗎？
可惡，這附近根本都沒人啊。
呃
不知道，可能是客製，也可能是他自己刺的。
以前待在同一個部隊或是曾經去找過同一位刺青師傅都有可能吧。
我去問我認識的某個人好了……
咚～
與「52小時前那件案子」有的「第二項共通點」就是這個刺青。
還有一件事你可能會有興趣。

※擁有高輸出能量的生化人肌肉數量幾乎都偏多，（這個世界只要是存在於世間而且自己能取得的東西基本上就要假設他人也能取得，所以沒法期望在材料或技術上獲得「只有自己獨有的高貴感」），因而外形變得特殊，容易引人注目。為了要迅速侵入屋內，想必是把鑰匙給扭斷了。（附近鄰居應該也聽得到扭斷鑰匙的聲音吧？）

德古沙，你有在聽嗎？
嗯？……有啊
真是不可思議，現在都已經是網路時代了耶。※
附近竟然沒有半個人問得出相關資訊，屋子裡沒有存摺，電話號碼也沒有註冊，什麼都沒有，真是有夠慘的。
弄到連水電瓦斯費的扣款紀錄都查不到也真是太謹慎了。
不過搞不好個人電腦裡有存什麼東西，等等鑑識人員的結果吧。
為什麼就是不能順順利利地解決呀。
事情怎麼可能那麼簡單，更何況比起長期埋伏的工作，這絕對比較輕鬆呀。
嗶嗶嗶嗶
啊啊鑑識人員啊，有什麼發現嗎？
從衣櫥裡掛著的衣服搜出一把鑰匙
是船的鑰匙，我轉寄那艘船的登錄號碼和停泊位置給你。

※ 網路時代在這個詞彙形象的另一面，其實代表擁有資訊者與未擁有資訊、不能接收資訊的人之間的鴻溝擴大。所以在這個時代，查詢者、探索者在社會上的角色就變得極為重要。上面提到沒有水電瓦斯費的扣款記錄，指的是因為他們已經知道住址，按理只要洽詢該地區的天然氣公司、自來水公司、電信業者、電力公司，就可以推算出住在那裡的人用了多少水電瓦斯。

磅
船啊……
擁有「船隻」的人身分都不簡單吧。
你不是也有嗎？洗澡時玩的那個啊。
那個才不是咧，那是用來放清酒的！
你以前不是啤酒派的嗎？
是呀，我們快點把事情解決吧。
幹嘛拿出槍？
沒什麼。
喀嚓

就是這個。
裡頭有人。
哦
你該不會早料到了吧!?
怎麼會!?
沒有,我只是每次都很小心而已。
嘰
嘰……
啊

上頭空空如也——那就是在下面啦……
啊，你白癡啊，還不要——
嗚
!!
可惡!
不許動!!
警察嗎!!?
!

痛死我了～～～渾帳～～～～!!
咻…
喝
碰碰
碰碰
怎麼了!!?

喀
!
啊

東間!!
呃咳呃咳
嗚，噁……
喀嘰

嗚
哇
パラ
パラパ
嗶

呼…
磅
噗咻
你說…怎麼會變這樣…
ゴトン
パキ
パラ
パラ
只能確定兩件事。
第一，有你在就準沒好事！
咳，噁—
第二，要被老頭碎唸一番了啦。
パキ
被罵總比變成那樣好…

兩個人去竟然還沒辦法抓到兩具生化人!?
你們兩個還算職業探員嗎！平時訓練都幹什麼去了啊!?
等船隻殘骸跟生化人一打撈上岸就給我徹查清楚！
沒找到什麼線索的話就別回來了！
部長，有進展囉。
啊，血壓好高吶。
怎樣!?
我發現那刺青是戰時軍中第58集中營的職員特有的。
哇—
似乎是脅迫被送入營裡的刺青師所刺，只有6個人擁有，名冊也拿到了——
其中2個鑑識人員正處理中，1位已經病死，2位還在服役，現在正在找最後1位的住址。
普羅托和波馬正在調查可能與他們結怨的傢伙，報告完畢。

第3格：巴特最近都會繫安全帶才開車，開車時不會鎖車門。這並非特種部隊的行事方式，純粹是巴特個人的習慣。當然，槍戰中與其前後都會解開安全帶。保護要人時自然雙方都不會繫。最後一格，巴特是先確認過居家窗戶沒有人影、車子附近沒有人跡後才進入這種狀態。當然這樣真有人看還是會被發現啦——

該死，應該要帶光學迷彩來的…不過沒有看門狗也是萬幸啦…
明明駕駛我就好啦——
太浪費時間了！
共有6台可疑車輛——其中3台有武裝…1台是軍方登記的非正式活動車。
軍方的!?
好，把那些車子的輪胎洩氣一半。
除了軍方車子外都已經被半洩氣囉。
軍方那輛也洩掉，跟老頭報告狀況。
那傢伙（目標人物）不在嗎…這在搞什麼!?
啊！

!
叩
鏗
鏗啷
是你！
怎麼是你啊，金……
認識的？
公安9課的人。
……跟我們在追查同樣的事件嗎？
還有其他原因嗎？
希望你們停止這麼做！

軍方情報部門為什麼一句話都沒聯絡過我就自行行動呢!?
久保田※在幹什麼!?
關於這案件是委由敝人二藤辦理。
4天前，軍方內部的前集中營職員軍醫以同樣的手法被殺害…
這我第一次聽說。
又少一個人了。
與「非法販賣武器」有關的可能性很大，
所以身為軍方，我們想要祕密調查這事情。
你們壓制的那兩個人是？
自稱是武器走私販子，供述都還很曖昧不明，尚未確認。
不過我們可以接受共同調查。
當然。

久保田：即久保田情報部部長，於「FAT CAT」登場，蓄鬍戴眼鏡的男子。似乎頗信賴荒卷。
順帶一提，東間的 OK 蹦只是暫時貼著讓人工皮膚不會露出傷口，並非一般處理傷口的手續。

他們聽到2天前那件案子跟今天這件案子，以為有人要搶生意，
還說竊聽到與刺青有關的搜索通訊內容而推測出住址。※
那不就是…
噓
只是抵達時已經人去樓空。
跟船一起撈起來的生化人也是嗎？
不是，那個只是遊戲中心的警衛，跟這一點關聯也沒有。
那在船上的娜嘉V6（型號名）呢？
齋藤和二井正在追查訊號發射器※的行蹤…已經找到一些東西…是普及型的義體，其他就不知道了…
前第58集中營的職員現在剩2位還活著，1位行蹤不明，1位是現役軍人。
巴特，你跟他合作，去偵訊那個還在軍中的人物。
啊…不好意思，那個人正在執行特別任務，不方便跟外界聯絡……
…
能不能偵訊由我方判斷。

※與沒有事先串通好暗號（而且這又和解讀暗號是兩回事）的第三者通訊，當然不能用暗號溝通。要防範竊聽最好的方法就是斷絕跟蹤直接見面，但這也最花時間。訊號發射器是在港口那裡，針對停放在周邊、經查核車主與車牌號碼後過濾出的可疑車輛所裝設。裝設過程我省略了沒有畫。

大家認為是犯人的違法生化人雖然是死了，但也在你們手上了，
因此這個案件是否能讓我們來處理呢……
我拒絕——老夫最討厭中途放掉追到一半的案件了。
部長！關於T1P58（追蹤中的娜嘉）——
進來說，怎麼了？
追到她的地點又發現1具被殘殺的屍體。
被害者身體刺著與這一連串事件相同的刺青。
！
又有3
你們兩個還傻傻地在摸什麼，還不立刻動身去現場！
遵命——

MINES OF MIND Part.2

1995

06

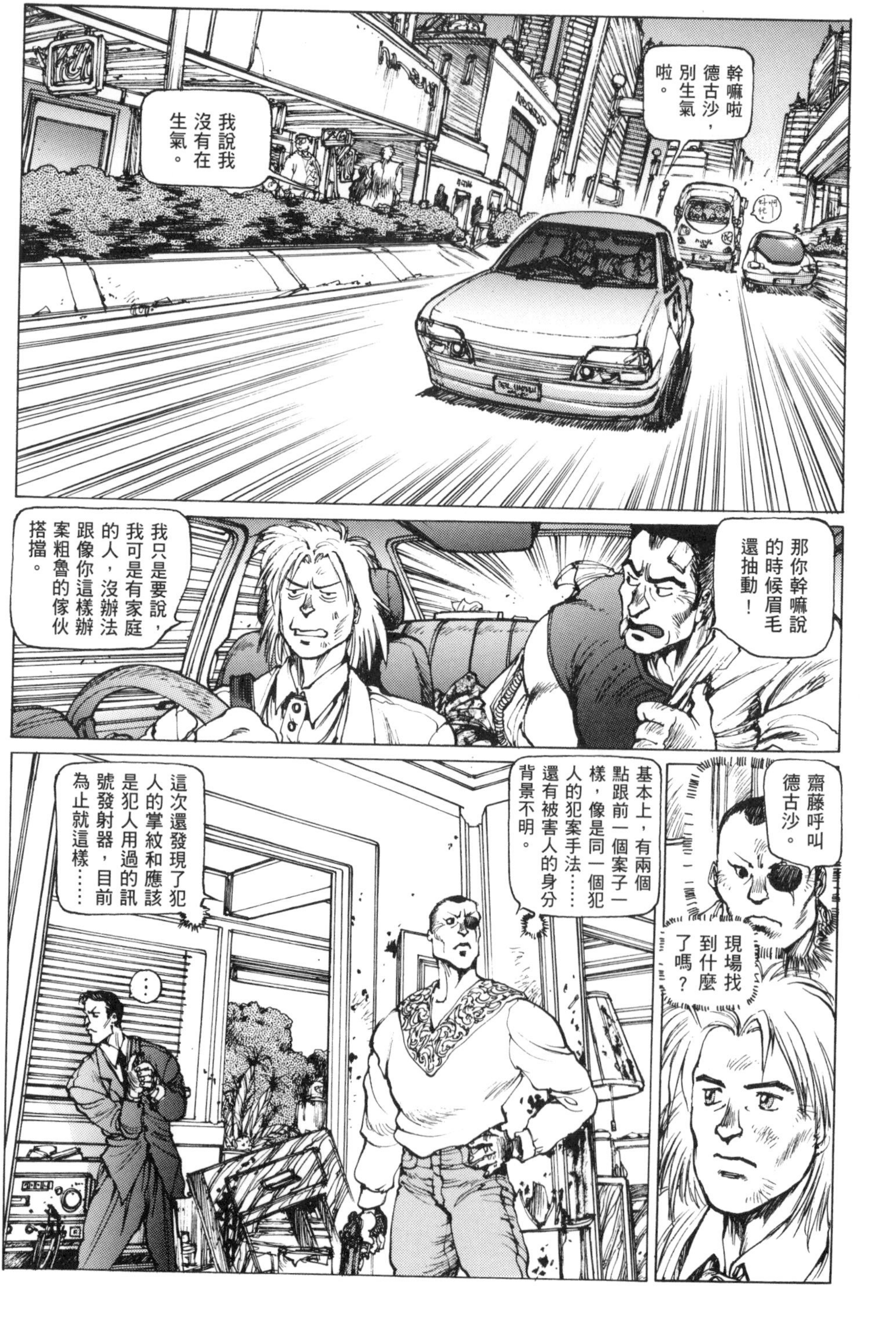
幹嘛啦德古沙，別生氣啦。
我說我沒有在生氣。
那你幹嘛說的時候眉毛還抽動！
我只是要說，我可是有家庭的人，沒辦法跟像你這樣辦案粗魯的傢伙搭擋。
齋藤呼叫德古沙。
現場找到什麼了嗎？
基本上，有兩個點跟前一個案子一樣，像是同一個犯人的犯案手法……還有被害人的身分背景不明。
這次還發現了犯人的掌紋和應該是犯人用過的訊號發射器，目前為止就這樣……
……

倒是有個東西比我剛提到的更有趣…讓你們入侵我視覺看一看，小心別發生車禍啊。
不是進鷹眼那一隻吧。
當然。
啊
剛剛的娜嘉V6!?
整套備用零件、中繼機……她的機車上有你們的訊號發射器。
犯人搶先一步下手嗎…
先犧牲獵犬去突擊把狐狸趕出來，再順著追進狐狸巢——是吧。
這傢伙似乎對追蹤也頗有自信……
乾淨得不像有人住過，幾乎沒有灰塵……跟我們的避難屋一個樣。
看來這群人不是單純的「前獄中職員」而已。
被害人也很可疑耶，沒有其他情報嗎!?
被害人的住所都有一個共通點。

我們請實習生幫忙調查的部分傳回來了，很有幫助吧？
不就是幫忙剔除了第58號集中營名單裡死亡、住院中、有固定收入的人而已嗎？
不過能將範圍縮小到失蹤的12人跟剩下的45人，這倒不錯啦。
他們本來就都是萬中選一的菁英呀。
45個人裡有32個沒有動過電子腦手術的紀錄。
還不能輕易排除他們，因為他們搞不好動過「非法手術」，這案子也還未排除是「牽涉相關人士的團體犯罪」的可能性…
先把名單裡可能不懂跟蹤或犯罪技巧的那群擺一邊吧。
波馬，你們是用了我的實習生嗎!?
怎麼了嗎？
我看到排除者名單了…NO．207最好再確認一遍。
你可能因為他是領年金的高齡者而忽略他了，他過去可是空自特殊部隊的二尉啊。
而且他被抓進去就是因為暗地協助武器非法祕密交易！
你這麼一說也對啦。

不過部長（老頭）竟然會同意你們指派實習生工作啊，普羅托。
什麼，需要許可嗎!?
我當實習生的時候雖然也老是被動員，可都有現場的主任坐鎮唷。
哪個傢伙這樣辦事的啊…是老頭的行事方針變了嗎……？
不知。
不是共同搜查嗎，怎麼還用暗號通訊啊，巴特。
……
你轉去公安已經多久了？
742天又8小時。
沒有想回軍隊的念頭嗎？

咱們這種人終究除了殺人之外就不會別的了。
跟那堆沒用的法律與罪犯打交道，到底有什麼意義？
我根本沒有想得到什麼意義。
我只不過跟你不同，並非單純的殺人機器。
殺人是沒有在分好壞的。
你真是沒長進耶。
那種長進我也不想要。
看來你還是老樣子會蔑視上級命令囉。
跟你碰上好長官的機率差不多一樣低。
不過你說法律已經過時沒有制裁能力，犯罪者又蠢，這些我都同意。
可是你卻當了公安…真是搞不懂你。

波馬，關於住在縣內的名單，
……
有進展了？
優先追查NO．76。
查哪方面？
我調查了4件，當中有3件都異口同聲提到NO．76，也就是「砂原輝之」這名字。
他是前陸上自衛隊的長偵※，但同時還從事武器交易等等非法活動，經歷一片烏煙瘴氣。
啊
喔啊嗚啊
連在集中營裡都是四處與人為敵的樣子。
他5年前就已經電子腦化靠老人年金度日了，但至今還是令人害怕。
空席4
NO．76……這個嗎
他現在的住所在巴特他們前往的南引手島基地那一方位，要不要請他們繞過去呢…
那這一件就交給你們了，我要繼續去查「第5件」。
嚓

※長偵＝長距離偵察巡邏隊。

什麼，夢立公園遺跡3丁目？剛剛已經過了耶。
啊—是喔。
回頭。
普羅托，你知道老頭的屁股可不是光光亮亮的嗎？
什，什麼？
他的意思是要指揮他人，自己也要起身作則！這傢伙最討厭坐辦公室的指揮官了。
他叫砂原，以前是北方邊境的長偵。
我跟專門待在寒冷地方的人還真沒交手過啊——
啊，沒有啦，我沒有那個意思…
汗—
這有什麼關聯？你還不是從叢林出來走到大街上。
你也同樣是這種人吶。
別拿我跟你混為一談。
咱們現在穿的可不是同一種鞋子。

可惡，當時還毫不客氣開槍掃射我們！
哎呀…這話去跟操控她的傢伙說吧。
德古沙，我們先去調查名單…你在幹嘛啊…？
還能幹嘛…搜查呀。
我在洗臉用具和廁所這採集到一些指紋。
那種就交給鑑定人員吧，你這是越權囉。
又會跟我們抱怨說這不合乎法令咧
那樣就追緝不到犯人了。
你有沒有在聽啊？你的搭擋被襲擊了耶，好歹也替我生氣一下唄？
哦!?啊啊…也是啦。
這樣就要打發我，真冷淡耶~~~~
你也找找看有什麼線索吧，現在再怎麼生氣也沒用吧？

幹嘛不交給鑑定人員來弄就好了，反正那具屍體一定是船隻擁有者嘛。
十之八九是如此，但也不能斷定。
你真的不像是公安類型的人耶。
你少管我好不好！
哼
沒有什麼能連結到犯人的味道嗎？
誒，拜託好不好。
這裡那麼臭，我不想開啟嗅覺感測啦。
你不是可以切斷感知能力，只取得資料就好嗎。
你說得容易，不管怎麼樣都會殘留在濾網裡啦。
嗶
比對一致
啊。
怎麼？
這枚指紋是另一個人的…而且是那個說正在作戰中的軍人！
……這下奇怪了。

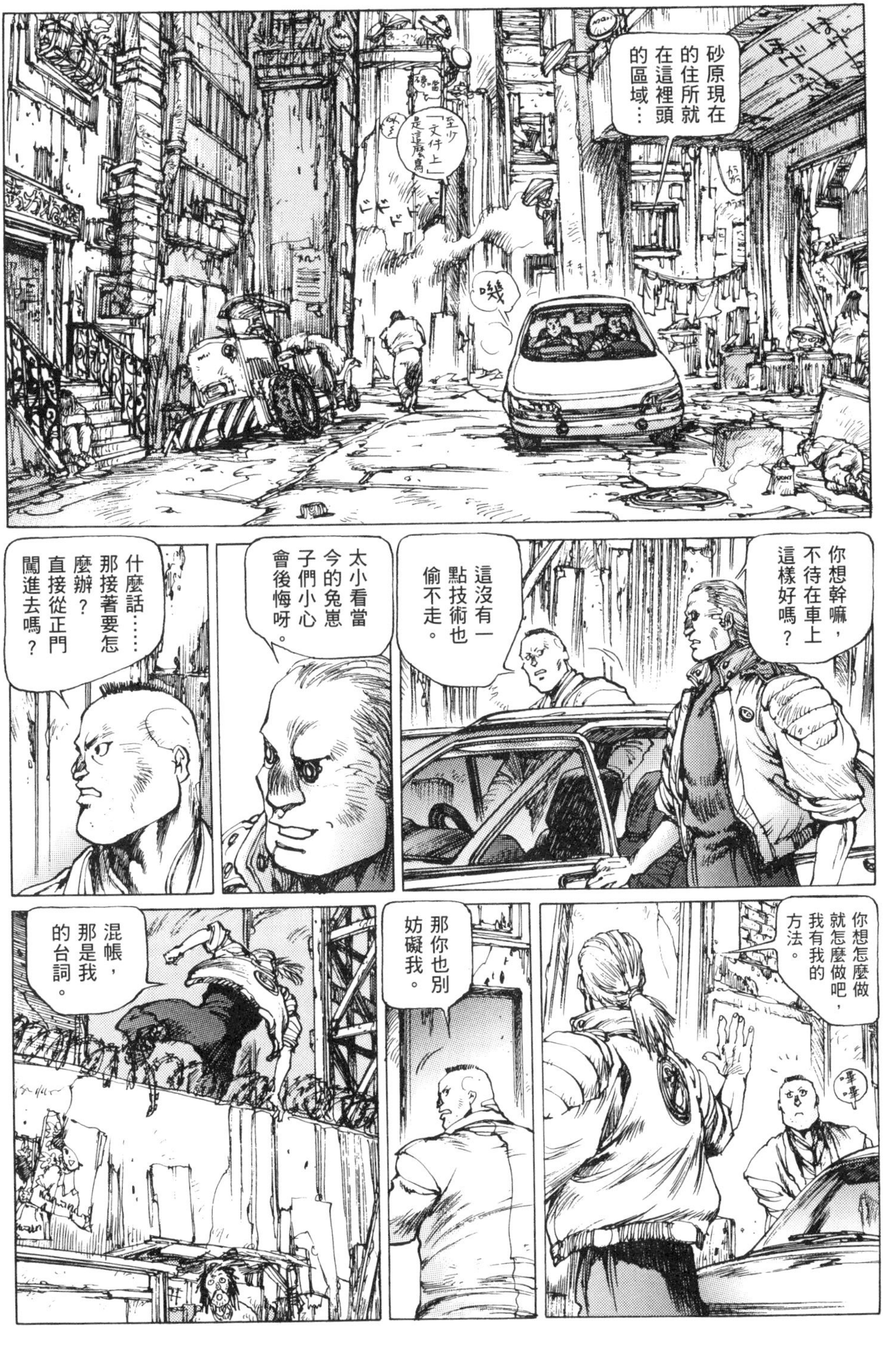
砂原現在的住所就在這裡頭的區域…
至少「文件上」是這麼寫
嘰
你想幹嘛，不待在車上這樣好嗎？
這沒有一點技術也偷不走。
太小看當今的兔崽子們小心會後悔呀。
什麼話……那接著要怎麼辦？直接從正門闖進去嗎？
你想怎麼做就怎麼做吧，我有我的方法。
那你也別妨礙我。
混帳，那是我的台詞。

如果是我就直接在屋子裡設好陷阱，早早逃到不知哪裡去了。
接下來…看看前長偵隊員會怎麼搞嘍。
竹田先生在家嗎—？
吵屁！快滾啦爛貨，我沒錢付給你啦！
不好意思唷，我是社福提升委員會的人員。
啥，是好事嗎？是好事嗎？進來吧。

哎呀～～～真是糟糕呀，這住宅比外頭的垃圾箱還不衛生吶。
哪裡？比起這個你要給我什麼，要給我什麼呀??
牆壁那麼薄，很容易跟鄰居起衝突吧？
隔壁的老頑固啊～之前齁是有衝突過啦，這半年好像不在吧，安靜得很。
看來就在這附近……
喂，你是在幹啥？
貼——
啊哈哈哈
很危險請你退後一點唷。
很危險？你啊——等等等等。
嗶
哇啊

啊
嘰嘰
喂喂，真的假的啊……
這屍體可不是昨天或今天才剛死掉耶，哎唷喂……
天啊天啊
果然隨處設置了瓦斯筒炸彈……
誰進來我的眼睛看清楚？
當然要看！大學長的攻堅場面耶～
你這混帳——真的很煩耶。
以非法販賣武器的傢伙來說，他設的陷阱真是廉價啊。
……倒是要小心你的搭擋……看來他有所隱瞞呢。

原來他是這副德行……
！
嗶嗶
是冷氣的關係嗎…？臭味也很淡，已經半呈木乃伊的狀態…
？
……
但是已經太遲了，我的代理人會持續追殺你們…
你們也是為此來到這吧…

不要緊，正在記錄中。
只會同步記錄我的感知，還不如去繼續辦你自己的搜查啦。
喂喂，警察先生，啊，電話被停話了
是要證明我自己無罪…讓你們一伙人因偷渡武器而受到法律制裁呢，
還是乾脆自己成為非法商人來阻礙你們呢，兩條路我都想過，
只是我已經沒有時間了…
但對你們來說我是不死的……
所以用盡全力逃亡吧…
這混蛋…真他媽做絕了！
他在洗腦程式裡載入了殺人技術和目標的個人檔案，讓它隨處流竄。※
意思是說，我們追捕的犯人完全是不相關的第三者，而且還會持續隨機發生囉!?
這個程式似乎是只要滿足一定條件就會感染（洗腦）…但它沒有設立期限，
所以即使他的目標已經全部死亡，還是會繼續產生出殺手。
※ 流放到網路的某處。

那要怎麼辦？要是有人碰巧與目標條件都吻合的話呢？
那他就極有可能要迎接悽慘的人生結局了…
混帳東西…證明自己無罪？
這種作法根本與十惡不赦的罪犯沒兩樣…
可是現在留下那些資料…他就是設想目標方也會看到吧。
什麼什麼
照理他們就會易容或是改變其他條件呀…
很可能是砂原在銷毀這些資料前就翹辮子啦。
敲敲
嗶
就我目前看到的都還很難說，但它的型態或許是會追蹤目標最終極的線索吧。
嗶
唉現在這階段說什麼都不準，得先確認這屍體是不是砂原本人。
若是這份資料屬實，那麼就是第58集中營的職員們都在祕密出售武器，
然後讓砂原背黑鍋或是背叛了他
他的復仇是恰巧與我們開始追查非法交易的時期相同嗎？
搞不好不是巧合，而是因為搜查的情報而湊齊了線索吶。
?!
咻

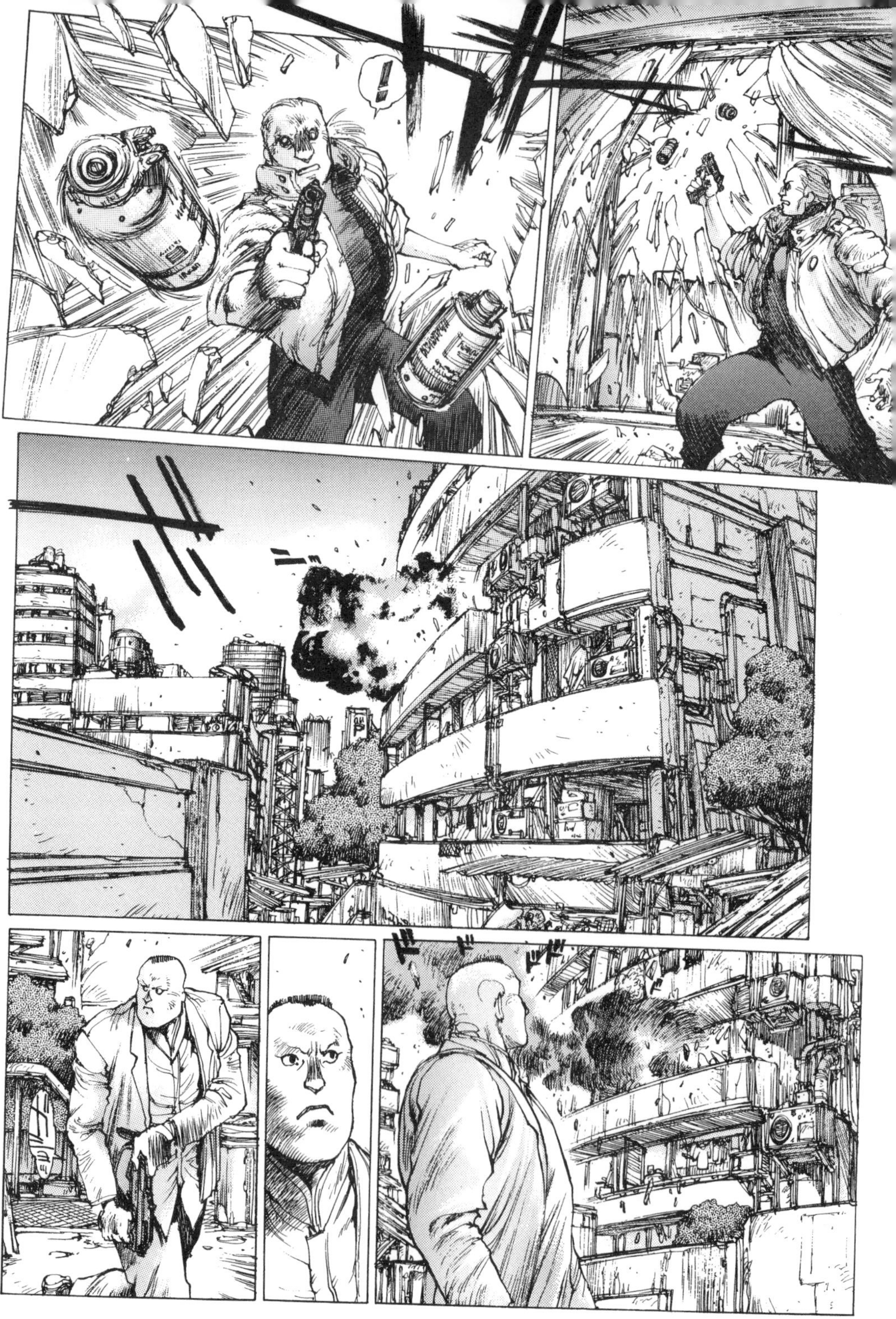

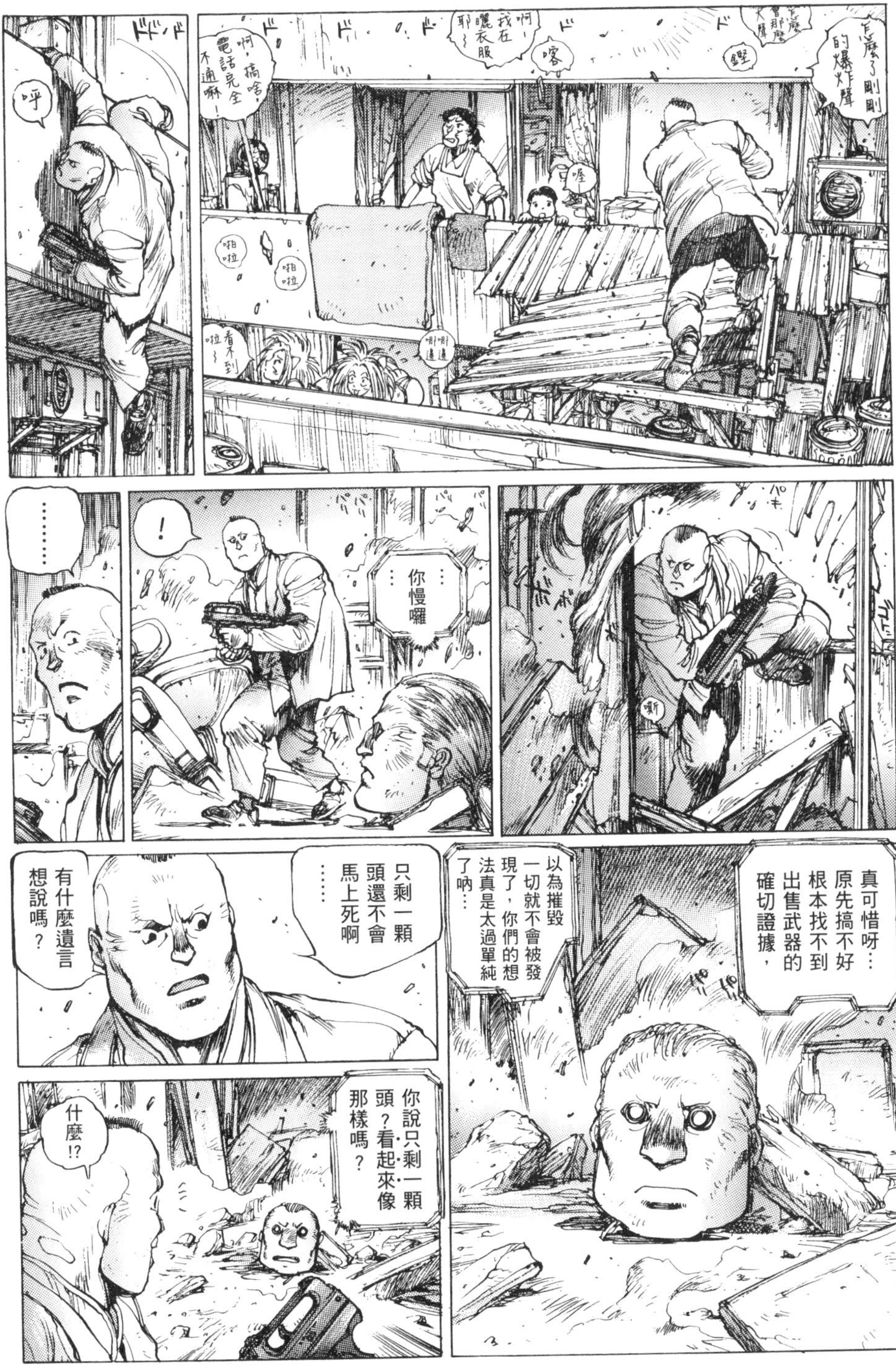
怎麼了剛剛的爆炸聲
怎麼會那麼大聲
啊！我在曬衣服耶～
嚓
鏗
啊，搞啥，電話完全不通嘛！
呼
喔
啪啦
啪啦
看不到啦～
嗯嗯邊邊
……
！
……你慢囉……
嘶
真可惜呀…原先搞不好根本找不到出售武器的確切證據，
以為摧毀一切就不會被發現了，你們的想法真是太過單純了吶…
只剩一顆頭還不會馬上死啊……
有什麼遺言想說嗎？
你說只剩一顆頭？看起來像那樣嗎？
什麼!?

巴特趁著在金感知器全面運作來到現場處理（湮滅證據並收拾巴特）時侵入他的電子腦。這時他所做的不是將「巴特自己受傷的影像」傳送進金的視覺，而是向其腦部輸入「巴特受傷的意象」，因此「頭部」其實是金接收到的印象的具體化。要巴特在瞬間創造出「自己受傷的影像」想必太困難吧。

你也真是駑鈍到我都替你擔心吶。
……
我透過未加密通訊聊些屁話時，就在想你會不會上勾……
想不到成功了。
恩恩
就是說啊。
我想他們是因為9課介入調查，同伴又接連被殺，所以開始著急了吧。
只不過這下砂原的案子無法解決的可能性就提高了……
再28分鐘抵達那邊。
…要是事情屬實，我真想當場斃了你這個前戰友，但我已經不是那單純的殺人機器了。
如果你實際參與了祕密交易，在監獄裡也不會有好下場…
如果你只是遵從二藤的命令而行動，那我也不會讓你好過的…知道嗎？

所以二藤他……
原來「監守自盜」就是止不住武器外流的原因啊…幸好是找你來辦。
總不是好事吧。
砂原的亡靈啊……
除了設置各式各樣的對應措施還必須定期派人設餌搜查…
我不希望再有更多犧牲者了。
要我再給你更多人力的意思？
你想成派人來特殊訓練就行了。
雖然「維持有效率增加犧牲者的能力」也是我的工作，
但我會好好研究過再跟你聯絡。

老頭早就知道要從軍方內部揪出犯人了啊…
事先跟我們講一聲不是就好了嘛。
這點部長有他自己的理由吧。
害你被搞得這麼慘……真是對不起。
別在意啦。
哪天我轉向去當坐辦公室的指揮官，一定先派你去當人妖連續殺人案的調查誘餌。
走囉
人家會先練習好的～♡
噴
部長請問金的處分是？
巴特你制服怎麼穿成這樣
那個──部長聽我說
沒啦…我想說偶爾還是要讓它吹吹風。
啪啪
畢竟它很容易就發霉了……

看這玩意兒被當什麼寶似的可真讓人痛心吶。
我可是老早就把勳章和制服拿去二手用品店賣掉了。
生不帶來死不帶去是我的信念。
聽你這麼說我就安心了。
倒是應該趕緊去保護剛出現的砂原代理人…
不斷根的話還會有下一個受害者出現…
既會變形又會增殖的病毒沒有根可斷，
是一場由瀰因創造的無止盡地雷戰。
注意不要被感染了呀。
…
哦呵
「哦呵」個頭啊！剛剛寫進去的程式到哪裡去了!?
我想應該是在中南美洲那邊唷。
飛吧 飛吧 殺傷手榴彈～
砰～～～
地爆炸～

LOST PAST 07

1996

呼

?
!
慢著!!殺了她就問不到事情了！
上頭不是叫我們立刻殺掉她嗎，而且她也都電子腦化了。

不是有帶電子手銬來嗎!?都還搞不清楚詳細狀況，就這樣盲從命令嗎!?
所以你是叫我藐視上頭的命令囉？
我不是說上頭的命令總是正確，但…
哇！
什麼!?
嗚哇—!!

你們的負責人是誰？
我們藥師署的公安負責人是那位式部先生。
別讓你不知道的人靠近車子啊！
是
喂—喂—小欽，那是誰呀，發生什麼事了!?
白癡，別鬧了，他們好像很可怕啦。
說說你們找我們9課來的理由吧，式部先生。
你看看這女性的脖子吧。
那邊的兩個男人呢？
還沒有吻合的資料，粗略搜索了一下，身分不明，槍枝使用執照是假的，車子也是贓車。
如果從所持物品來看，女子叫狹流木榭拉，17歲，在化妝品公司工作，隸屬於沖繩會…
沒穿鞋跑了一小段距離啊…鞋子在哪？

先不管鞋子了，那兩個男人你們應該認得吧？
是呀…那我們會接手調查，再拜託你們協助囉。
喂，明明是我們請求協助，怎麼變成你們差遣我們？
什麼!?調查權限的規約不就是這樣寫嗎
遵命，我知道了，我們會遵從指示協助貴單位。
喂你是怎樣，非要用那種討人厭的語氣說話嗎，才第一次見面耶。
那麼在下自己去繼續調查了！
他們說卡車駕駛2～3天才起得來啦！
聽說電子腦運轉時被病毒攻擊了。
到底怎麼回事，真是不懂耶。
不過殺害這麼一個小女生真是頭腦有病呀…是吧。
嗯？
啊啊…一般情況下或許是如此…
喂喂，真的假的？只剩我還像是個正常人嗎!?

6課：公安6課。外務省條約審議部的別稱，負責管轄國境外的安全事務。與公安9課（攻殼機動隊）在「傀儡師事件」時發生許多檯面下的衝突，關係匪淺。（編輯部註）

他們確實是6課的主要人員對吧？
這死法真是無趣啊。
居然是交通事故……
其他詳情不清楚，畢竟調查到一半而已。
根據這份報告書，他們兩個人是前亞洲局長深谷的護衛？
要不要說明一下為什麼他們侵入我們的管轄範圍還射殺他人？
因為深谷這一次回國待的時間不長，6課（我們）就繼續派人保護他……也不是什麼需要告知你們的大事。
即使是「殺人」嗎？
那個女的是恐怖分子，目標是深谷啊……
ん～～～
本來希望抓得到她，好可惜。
所以你不清楚現場發生了什麼事，是吧。

我們看過她的持有物品跟手掌了。
至少她不會是現場執行的人。
我最後得到的報告是「他們捉到偽裝成祕書官闖入深谷宅第的女子」，
深谷人也外出不在家。
瞭解……那深谷就由6課繼續保護吧…
那麼恐怖分子的搜查就由9課來做，可以吧？
就這麼辦吧。
吱—呀
那你去通知深谷，我們會立刻前往他家檢驗事發現場。
我說啊…查出什麼跟女子有關的了嗎？
不妙的要素接連出現…
說到深谷，他就是沖繩被攻擊當時的亞洲事務局長吧？
而且也是主持中台問題檢討委員會的人。
女子隸屬於沖繩會…這是個由沖繩出身的人組成的團體。
他們正對國家及各部會提出賠償問題還有核爆責任規屬等共計24件訴訟…

嘰
沖縄会館
誒
怎麼了？
左方170度的白色旅行車正在監看那棟建築物……我看到鏡頭了……
不過肉眼大概看不到啦
我清楚得很
嚓
式部或6課吧。
是公安9課，去告訴主任。
她說她可能取得了不錯的情報
絕對是殺人啦！
可是完全沒有證據。
不，我覺得不是！
嗯？

這時就該透過雜誌或電視揭露真相！
也要有證據證明真相啊
不，不對！
不好意思我有點不舒服，先離席一下。
在爭論了…
啊，我討厭這麼窄的階梯！
我們分別上去，我先走囉。
！
去外頭

現在因為狹流木的死大家殺氣騰騰，我不保證政府人員進去後能安然無事出來。
你正在臥底啊。
我以支援團體的人員身分潛入4個月了。
因為上頭下令我要蒐集情報。
叫我們來的也是你吧？
那女孩做了什麼事？
八成是看到或聽到了什麼非殺她滅口不可的大事吧。
總之感謝你的幫忙…
純粹因為我聽說9課是相對比較優秀的單位。

部長，6課的赤邊課長來電，代碼47。
？轉給我
好的。
荒卷，有麻煩了。深谷現在人不見了…！
怎麼回事？
我們沒有其他人代替死掉那兩人跟在深谷的身邊呀。
現在不知道為什麼他沒照既定行程出現。
普羅托，你去深谷宅第查驗一下。
是
德古沙，沖繩會目前的動向？
巴特，載我去外務省。
然後就去支援普羅托。
總部這裡主要成員們正在大聲爭吵。
我們人在對面建築物才剛開始監視，所以還不清楚詳情…

他恐怕因為得了肝癌末期在懺悔吧……
哎呀……我跟他說過不用那麼擔心了。
這麼沒意義的對話實在太危險啦！
牧局長
大約3分鐘前
剛剛聯絡過的荒卷先生來了。
真快……！讓他進來。
百忙之中打擾您真不好意思。
希望向您請教兩、三件事。
所以我們的哪個人做了什麼成了搜查對象啊？
我想了解一下目前沖繩相關事務的情況。
啊啊……如果是這種事也不用特地跑來呀。
因為有些事不當面瞭解的話沒辦法搞清楚。

補充：這個時代美軍在遠東區域方面的主力部署位置，既不是日本也不是統一韓國（這稱呼似乎不太適合，但因為想不到其他說法，在此致歉），而是在竹島附近（我知道這名稱也有問題，但說明真的很麻煩，請多包涵）的海埔新生地。真實世界裡這應該是不可能辦得到，但既然這是漫畫設定，大家就一笑置之吧。不過真的不會發生嗎～好像比較可能發生的是美軍基地在日本本土四處設立，自衛隊『防衛軍化』…真令人不安呀討厭～失禮了。

嘰
普羅托，是我，進去囉。
磅！
所以是她在那裡的時候他們進來玄關囉？
哎呀，還是在這裡咧，我記得有兩個抽屜是開著⋯⋯
你們的對話該不會代表⋯⋯
這裡似乎整理打掃過了⋯⋯
妳知道這樣等同於參與犯罪嗎？
什麼!? 就算你這麼說我也不可能放著不打掃啊！

這已經不是住家安全的問題了…
連影像都沒有留著…
哎唷，該不會要逮捕我吧？
唉
呼
那就看妳能幫忙到什麼程度。
怎麼辦？無論走那條路，只要深谷不在的話都行不通唷。
OH MY GOD
OH MY GOD
總之帶走她的打掃器具還有所有垃圾桶回去寫報告。
那巴特學長呢？
我一定是去找出深谷大叔的下落呀，不然呢？
熟人朋友、諸位親戚、常去的居酒屋…問他們有沒有想到他的可能所在、得罪過誰，之類之類的。
普羅托，跟我們交換，我會跟老頭講的。
啊？好，瞭解。
不是才好不容易找到好定點嗎？
喂，眼睛不要離開啊
是啊…不過我比較適合做那些事。
你不覺得事情很可疑嗎？
還是得到現場看看才行。

α呼叫巴特、齋藤，火速回來總部。
非常緊急。
STOP
想必又不會是平靜的差事了齁。
現在不是說這種閒話的時候，知道嗎！
…
他這麼說耶，齋藤。
來找我和你的話確實不可能是多平靜的事啦。
ガタン
啊
緊急召集，抱歉啦各位，嘿嘿。
嘿嘿
不會再跟你們9課的人玩了。
WANTED
蛤，現在就不玩了嗎？我的牌超棒的耶!?
喂喂，就別再吹牛了，走啦！
我的牌真的超棒的呀～～～

這是22分鐘前Q42區沿岸的監視網偶然捕捉到的影像。
時間很短，他向著距離大約1公里遠、還在測試中的監視器這方向看了一眼。※
這不是袁小輝嗎…!?
是你認識的人？
不…他是全世界名聞遐邇的中國陸軍王牌狙擊手。
'99年暗殺英國首相，'02年暗殺台灣外交部長，其他還有5件令人驚愕的暗殺事件推測都是他所為。
這次他是來觀光的吧。
啊，冷掉了
…
我們不清楚他的目的，也不知道他與其他事件的關係。
我要你們兩個盯緊他，如果發生事情就要制伏他。
有什麼外交方面的問題，要幫我們處理啊。
…

※他並沒有發現監視器，而是因為狙擊手站在寬闊的地方時習慣掃視推測自己可能遭狙擊的射程範圍（就當是這麼一回事吧）。操控監視器的人員也注意到這個人眼神銳利地環顧四周，而且帶著的行李和舉動都不像沿岸的工人，檢查畫面時認出他了吧。

喂，不停在裝備課一下嗎？
這次我們就自掏腰包吧。
那傢伙給監視器拍到可是千載難逢，這次錯過就沒有下一次機會了！
那些監視器都還沒正式啟用，所以他才看走眼了吧，要不就是時間已經不夠了…是我的話，就會採取半夜坐小船登陸這方法。
拜託拜託，我們盯住你以前可別亂跑呀。
嘰
嘰 喀喳喀喳
這洞該不會是你自己挖的吧？
我靠操弄文書搞到一台二手工程用機械啦。6分鐘內回來。
忘了跟你說，那傢伙也有裝備「鷹眼」，你可要作好準備啊。

哎唷喂呀，他也實在太過興奮了⋯
總部嗎？是我，幫我轉裝備課。
是
請先出示許可證。
呵呵呵
現在流行這樣打招呼？
我要長槍管的賽布洛30、2顆S 16干擾器外接hand-sat的MultiEye、2台肩背機車、
整套的病毒與對抗套組每種各2套、15顆A15型地雷。
哎呀—這樣啊！哼。
火速緊急最優先送過來唷。
啊咧，真快，就那樣？
還沒有不要摸喔，絕對！
呼
精密狙擊來福槍嗎⋯

所以，妳眼睛一直沒離開過囉……
這當然呀，畢竟是完全不認識的人，一定會懷疑嘛…不過…
哎呀，這件大衣怎麼有醫生的味道？
嗅嗅
在書房時也是看起來像是有人託他們來拿東西…
也沒有任何詭異的言行舉止…
感覺像到了目的地直接把目標物拿走？
看起來是這樣啦…
哪裡有什麼東西都知道就是了。
而且他們還有抽屜的鑰匙…那他們拿出來的是信封？盒子？記得樣子嗎？
一盒6片裝的日特牌MMD！
micro-mini disc
拍
什麼啦，那些我還認得出來好不好！
總覺得可信度還是很低。
呼——
波馬你有聽到嗎？在車子殘骸裡有沒有類似那類的東西？
才剛開始檢查還不確定，不過既然直到現在都沒人注意到，就算有的話我看也不會是原來的樣子。

也可能已經被人從現場帶走了——
妳確定真的是盒MMD嗎。
我不可能搞錯！深谷先生在電話裡也這樣說啊。
妳剛說什麼？
深谷有打電話給妳指示!?
妳怎麼不早點跟我們說！
啊你們沒有人來問我啊。
這樣的話，那深谷就不是行蹤不明了，搞不好是正在逃亡……
為什麼那個叫深谷的阿伯要逃亡，怎麼回事？
不，還是要先思考MMD的部分……有4種可能，它們還在車子的殘骸堆裡，或是被其他人拿走了。
或是那女子逃走時把它們藏起來了，又或者是那2個人已經銷毀了。
我們去實地走一次她逃跑的路線……
不好意思——可以請你回答我的疑問嗎~~

蘿法：巴特交往中的女性名。
*ローファ…バトー君がつき合っている女性の名（サブネーム）

沒有我的掩護你還是沒辦法跟他作戰呀。
當然。
我會立刻追上去。
不要太急，會被他發現！
拍
真稀罕…大學長幫忙送武器過來？
難得你問問題會用腦袋。
深谷打了通電話回家，所以我正要前往紀錄裡他撥電話的地方。
所以才會順便幫忙
也就是說袁小輝的目標可能是深谷？
是的話我們就可以省得花心力去搜尋深谷了。
得重新清查深谷與中國的關係啦。
誰做？

※ 這個檔案不是鑑識人員給的，而是用自己的攜帶式掃描器掃出來的圖，所以最大只能放大到200倍。實際物品大概放在塑膠袋裡正在運送到鑑識單位途中。即刻通報對調查幫助很大，但是在法律上來說難以構成證物，幫助比較小。警犬一到達馬上就找到鞋子了，就當作是所幸當天沒有道路清潔車吧。

腳跟前側有被鏽刮傷啊……
可能踩過老舊的金屬梯子。
等等，之前好像也發生過類似的事…
B29呼叫鑑定。
我們還沒處理完！
我什麼都還沒問啊。
又不是在猜謎節目，等明天一早的報告書吧。
從她身體有驗出「晴天一擊」這類的藥物嗎？
藥物商品名還在確認，但有驗出使用短暫增強身體能力的藥物痕跡。
什麼，還有這種東西喔？
4年前就被禁止的女性專用防身藥品。
她的足弓有被鏽刮傷的痕跡，那麼她去過附近建築物屋頂的可能性很高。
或許她曾暫時性地像超人般在上面穿梭…我們去看看。

我以為我會追不上你。
你太慢了。
那傢伙咧？
他正開著VOLVO北上南海高速公路往郊外走，應該是去錦CC。
去高爾夫場嗎。
要是那樣就難打近身戰嘍。
你應該有辦法判斷那傢伙使用哪些衛星吧？我們距離跟他實際接觸還有大約20分鐘。
你不是叫我要比平常更謹慎辦事嗎？我要精查他究竟是從12顆衛星裡的哪邊摸進來的。
氣象衛星倒是隨時都能占領，必要的時候就從那邊出手吧。
你也給我比較正式的情報嘛。

啊——又發現一個了…那邊損壞的部分比較新。
右邊兩個應該不是…其他的應該就是她的逃跑路線。
感覺不像是她踩出來的樣子
追她的人的足跡也是往那裡跑，之後就轉回到車子的方向呢。
你集中探查足跡開始變亂的位置那附近。
啊，這我最在行了！…那你咧？
我循著追她的人那方向查看看。
什麼嘛，你那好像是自幹爽差的眼神啊～
還是要換你來負責追她？
不囉～多謝。

!?電話
嗶
誰啊？
齋藤，是我啦，你在幹嘛啦——
你搞錯會合時間了嗎？我都已經到高爾夫球場咧。
我才不管你隔壁女朋友高不高興，快點過來！
還要再一杯紅茶嗎？
不用了
B11呼叫總部，袁小輝在錦C.C。
Country Club
接下來會關掉通話一段時間，你們也不要打過來！
可惡，袁小輝那傢伙眼睛真是利……再靠近一點就不妙了……
這客人真怪……
有3位跟這場所格格不入的可疑客人……
我好想要現在就轉身在這殺掉他，但這樣就不知道他的目標是誰，也不知道他會怎麼還擊~~~
迫不及待

※ 巴特是期望「架起來福槍」就能「找到袁的目標」，與齋藤的理由不同。
※※ 袁穿越球道後立刻轉身察看有沒有人跟蹤他，逼得巴特非得繞遠路走另一邊，使得跟蹤難以繼續。姑且就當作是這樣吧。

※ 肩背機車雖然因為是電動的會稍微比較遲緩，但也因為安靜而不容易被發現。巴特本身是生化人，他其實是可以用跑的，只不過這時他揹著裝滿武器的包包，跑步時發出喀噠喀噠的聲音被對方發現了就不太妙。

對於裝備狂的讀者感到抱歉，在這種情況既不能用光學迷彩也不能用偽裝衣。來福槍的表面本來也應該做過光學迷彩處理而使型態有所變化，但這部分我省略了。第 5 格那張圖在 3D 視覺顯示上會以顏色變化來呈現風的動向，但這是黑白漫畫，請大家見諒。之所以稱為「鷹眼」，就是因為中央部分會呈現拉近放大的狀態。

!
嗶
咻咻咻咻咻咻咻
噗咻
滋滋滋滋滋滋滋
!

咚滋
!
咚沙
可惡
什麼!?還沒死!

齋藤你還活著嗎？我聽到不太妙的聲音啊。
嗚……
你說袁沒有死？
以這種風，我應該可以在誤差5公釐以內打穿他的額頭正中央才對——
原來如此……怪不得沒辦法找出他使用的衛星！
嘶
衛星資料早就從不知多久以前被他滲透了，真夠混蛋……
所以我們兩邊互相都用假情報在對戰啊……
不過這樣就不知道他要狙擊誰了。
呼叫總部，老頭呢？
部長現在正與外務大臣通話中——另外剛剛QWER要聯絡您，要幫您轉接嗎？
接過來。

搞定了嗎？
差不多。
現在我人在那裡錦CC以東800公尺，一棟褐色的旅館6樓，看得到嗎？
看不到……
不過怎麼了？
我們發現深谷了，正在等鑑定人員來——
附近沒有任何要人，所以他八成就是袁小輝的目標。
似乎早一步電子腦自殺了。
從他留在這的遺書還有東間找到的MMD應該就能大致明瞭事情的來龍去脈了吧。
所以意思就是袁從頭到尾白忙一場，抽到了下下籤嗎？
士兵再怎麼優秀，下命令的人是蠢蛋的話也沒輒吶……

↑袁を動かして失血死されると嫌なので　とりあえず止血して応援待ちしている。
怕移動袁小輝使他失血過多死亡，總之先止血等待支援來。

你已經看過深谷的碟片內容了嗎？
是的，還有你的報告…
內容顯示，包括你在內的數名人士事前就已經知道沖繩會遭到攻擊了——？
事情公諸於世的話，就非得要把已經潛入中國政府中樞的所有間諜撤回。
我覺得自己對此也有責任，很顯然這樣做對公共利益有害，不能公開這件事。
就算犧牲人民也沒關係!?
如果那能將傷害化為最小，我的答案是YES。
而且當時發動核武攻擊的情報可信度太低，議會的應對速度也太慢了。
或許按照中國官方發表的，是現場人員逕自執行的可能性也不低…部隊全員也都被處決了。

殺死狹流木也是現場人員逕自執行的嗎？
你真的覺得我會指派赤邊並指示他去殺人嗎？
害怕東窗事發而安排袁小輝的諜報員錄下了與你所有的對話。
他會完全配合我們調查。
這張碟片現在確實不能公開…
但不代表你就能以這為理由教唆殺人…
接下來會由不公開的查問會來裁決。
我已經有所覺悟，就接受審判吧。
帶走。
在這之前是不是讓我先將事務交接下去呢。
沒有那個必要——大臣都已經知道了，他也已經接受你以養病名義提出的辭呈。

巴特，
嗯？
要是這些事在我瞑目前還是不能公開，之後就你來公開吧。
如果你也不行，就交給下一個世代，知道嗎。
那複製這個的錢可以用請款的嗎？
不，我來付。
你又擅自複製證物了嗎？
沒啦…一想到那女孩因為大型車駕駛打嗑睡而被殺死2次，又因為小型車駕駛分心被殺死2次，我就實在…
讓我想起在叢林時的事…
其中一案又是「受到制裁卻不存在」。
至少「現在」如此…
…

THE END

士郎正宗
[攻殼機動隊1.5]作品解析
HUMAN-ERROR PROCESSER

前言

在《攻殼機動隊 1》裡，沒什麼機會描寫公安 9 課平日的工作內容，但其實我準備了差不多二十幾章的劇本，其中某些曾有幸刊載於雜誌上，可是因為單行本《攻殼機動隊 2》已經規畫以素子為主軸，因此這些 9 課平日工作內容的故事就給塵封並束之高閣了。沒想到當時想說未來或許哪天還有機會發表、不然就得丟進垃圾桶的這些內容，還能像這樣出版讓大家閱讀（感謝促成的相關人士）。這些故事就漫畫來說或許有些雜亂，但我還是很喜歡作品整體散發出的氛圍。

FAT CAT
賺到肥滋滋的富豪，對於怎麼用錢還是會操心不已？

最初刊載於：前篇《YOUNG MAGAZINE 海賊版》1991 年第 10 號　後篇《YOUNG MAGAZINE 海賊版》1991 年第 11 號

本篇篇名的意思並非肥胖的貓咪，而是個俗語，指捐贈大量政治獻金的有錢人，或者是描述某些人腦滿腸肥、腐敗頹廢。這篇算是《攻殼機動隊 2》的背景故事、素子對素子的資訊網爭奪戰之一部分，所以單獨來看才顯得沒頭沒尾。如果各位能對女兒衝到馬路上等場景有所感觸的話，我會很開心。

賺錢很難，如何正確用錢更難。這世界上有非常多「公開就麻煩了」、「不公開比較好」、「不應該公開」的性質的資訊。雖然分辨哪些資訊應當如此對待是個難題，但我並不贊同大小事情應當一律公諸於世。

大家也要記得做好網路機械的風險管理唷。

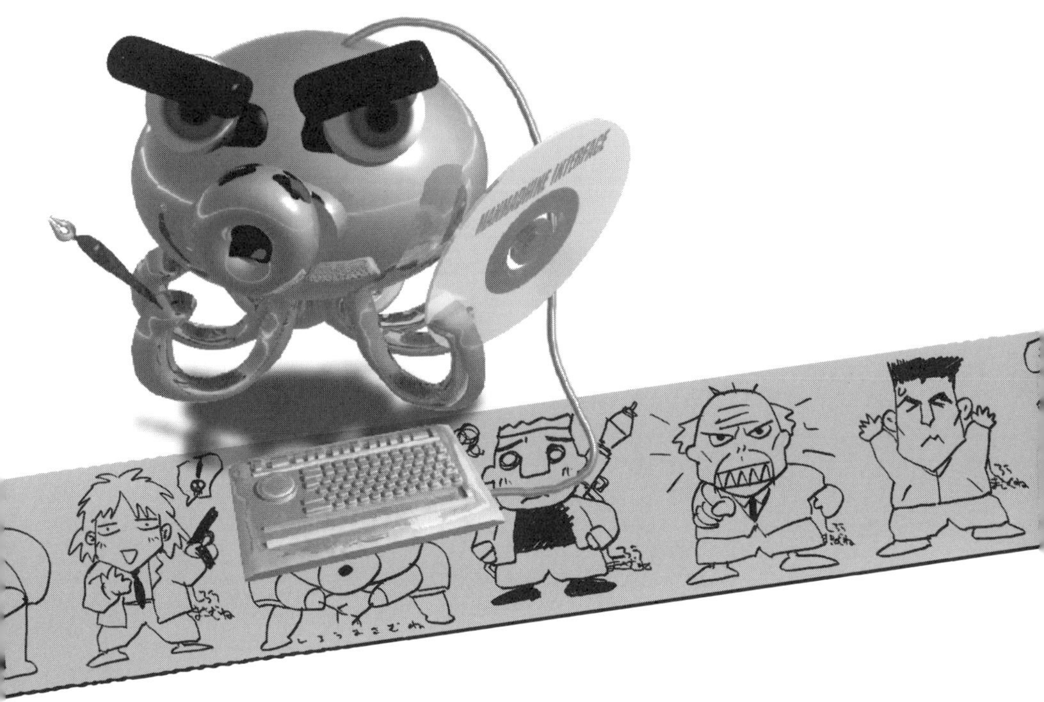

DRIVE SLAVE
令人信賴又有所成長的德古沙面前，「她」出現了！

最初刊載於：前篇《YOUNG MAGAZINE》1992 年第 26 號　後篇《YOUNG MAGAZINE》1992 年第 27 號

開場我們看到已經會暗藏武器庫的德古沙與素子的搖控機器人，令人莞爾。素子的說明台詞實在不佳，還請各位見諒。關於巴特與素子相遇時的反應，我也有可能安排他「稱不上扭扭捏捏但還是保持點距離」，只是這樣的話看起來好像往後還會有所發展，所以我就讓他表現得「稍微有點欣喜，或者故意表現得是那樣」。

故事設定上，雖然沒有利用屍體的必然性，為求簡單明瞭還是這麼做了。《新約聖經》的〈啟示錄〉中提到「～死者滿溢出地上～」，不用說，最直截了當的解釋是肇因於「戰爭或飢荒」，但是同時也有以屍體比喻「失去了身為人類的心以及下判斷的思考力」的涵義。只一味追求「欲望、盲從及自身利益」、不像人類的人類似乎確實一直在增加。

此外，可隨身攜帶的衛星通訊設備在 2003 年這個時間點已經縮小輕量化到比這本漫畫裡的還小了。

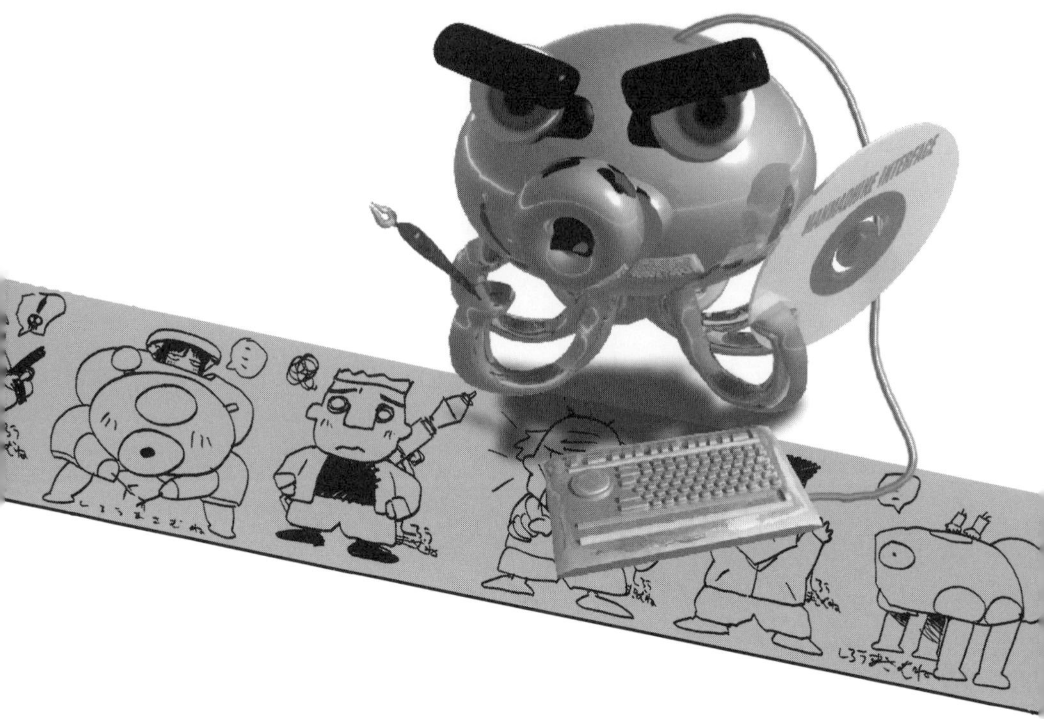

MINES OF MIND

資訊化社會的頭號敵人不只是病毒而已……

最初刊載於：前篇《YOUNG MAGAZINE》1995 年第 49 號　後篇《YOUNG MAGAZINE》1995 年第 50 號

「我們為什麼不能線下見個面呢？」「為什麼你就想線下見面呢？」，我原本是想這樣開場的。

這篇故事在講的是，流放的病毒無時無刻流竄在網路上蠱惑人心，但是蠱惑人心的可不只限於病毒。光是過時的或是錯誤的資訊、捏造假消息，帶有惡意的煽動情報或是沒有惡意的煽動情報（這恐怕是最惡質的？）也是極端蠱惑人心的東西。

難就難在怎麼分辨這些資訊的真偽，這可以說比病毒更危險。所以請大家務必要與自己可見範圍內的現實相互對照，一定要留神唷。

士郎正宗［攻殼機動隊1.5 HUMAN-ERROR PROCESSER］作品解析

LOST PAST
要有效利用狼隻，不可或缺的是……？

最初刊載於：《YOUNG MAGAZINE》1996 年第 33 號

本來殺人理應從鎖骨上方凹陷處瞄準心臟開槍，卻因為電子腦變壓器埋藏於脊椎上方而改射擊這裡；隨即又見到未來最有可能被自動化的「卡車」竟然會出現駕駛打瞌睡的問題（不知是因為已經電子腦化而被入侵操控，還是因為尚未電子腦化的關係呢？），開場這兩幕顯露出科技基礎建設是散亂得如此嚴重。

情報不存在就不會洩漏，愈是想隱匿就愈會流出。「喊著狼來了的少年」是讓狼隻有效發揮功能的必需品。為什麼村民們會隨著「喊著狼來了的少年」起舞而讓狼得以襲擊羊群呢？怎麼做才能避免那樣的結局呢？請大家都要留心唷。

還有件不太重要的事：齋藤是主攻狙擊任務的精密生化人，所以會避開對義體產生負擔且不必要的射擊與格鬥。如果不畫這種司空見慣的射擊對戰而是高射彈道（譯註：使用高射砲一般的高空拋物線彈道）狙擊也可以，不過為了讓篇幅及故事進行更緊密，我還是這樣簡潔處理了。

但齋藤跟袁小輝這麼一來也不過是二流的狙擊手，讓我心裡感覺不太暢快，似乎殘留著什麼消化不良的東西。

二〇〇三年 七月二十三日 士郎正宗

PaperFilm FC2020

攻殼機動隊1.5
HUMAN ERROR PROCESSER

2017 年 3 月 一版一刷
2018 年 3 月 一版九刷

責 任 編 輯 ／ 謝至平
策畫・顧問 ／ 鄭衍偉（Paper Film Festival 紙映企劃）
行 銷 企 劃 ／ 陳彩玉、蔡宛玲、朱紹瑄
中文版裝幀設計／ 潘振宇
排　　版 ／ 漾格科技股份有限公司
編 輯 總 監 ／ 劉麗真
總　經　理 ／ 陳逸瑛
發　行　人 ／ 凃玉雲

出　　版 ／ 臉譜出版
城邦文化事業股份有限公司
台北市民生東路二段141號5樓
電話：886-2-25007696　傳真：886-2-25001952

發　　行 ／ 英屬蓋曼群島商家庭傳媒股份有限公司城邦分公司
台北市中山區民生東路二段141號11樓
客服專線：02-25007718；25007719
24小時傳真專線：02-25001990；25001991
服務時間：週一至週五上午09:30-12:00；下午13:30-17:00
劃撥帳號：19863813 戶名：書虫股份有限公司
讀者服務信箱：service@readingclub.com.tw
城邦網址：http://www.cite.com.tw
香港發行所 ／ 城邦（香港）出版集團有限公司
香港灣仔駱克道193號東超商業中心1樓
電話：852-25086231或25086217
傳真：852-25789337
電子信箱：citehk@biznetvigator.com
新馬發行所 ／ 城邦（新、馬）出版集團
Cite（M）Sdn. Bhd.（458372U）
41, Jalan Radin Anum, Bandar Baru Sri Petaling,
57000 Kuala Lumpur, Malaysia.
電話：603-90578822　傳真：603-90576622
電子信箱：cite@cite.com.my

作者 ……… 士郎正宗
譯者 ……… 謝仲庭
出版 ……… 臉譜出版

ISBN 978-986-235-575-6

售價： 300 元

本書如有缺頁、破損、倒裝，
請寄回更換。

```
img=new Array(25);
[0]="img/top/final07/gp.jpg";

=Math.floor(simg.length*Math.random());
ion Gazou2(){
ment.images["rimg"].src=simg[n%simg.length];

meout("Gazou2()",3000);

ment.write("<\/center><img src='"+simg[n]+"' name='rimg' alt='random_img'><\/center>");
meout("Gazou2()",3000);

ipt>
cript>
 src="img/top/final07/01.jpg" alt='random_img'>
                                        <td><marquee height="20" loop="infinite" vspace="0" width="628" bgcolor="#c6e7ff"><font color=
                  </marquee>
                                        </td>
                                      </tr>
                       </table>
                       <table width="650" border="0" cellspacing="8" cellpadding="0">
ml PUBLIC "-//W3C//DTD HTML 4.01 Transitional//EN">
l lang="ja">
          <head>
                       <meta http-equiv="content-type" content="text/html;charset=Shift_JIS">
                       <meta name="generator" content="Adobe GoLive 6">
                       <style type="text/css" media="screen"><!--
k { color: #03f }
ited { color: #009fff }
ver { color: #ff3 }
 { color: black; font-size: 12px; font-style: normal; line-height: 18px; font-stretch: extra-expanded; background-color: white }
tent { }
 font-size: 12px; font-weight: bolder; line-height: 16px; font-stretch: extra-expanded; padding: 1px 5px; border-style: none none do
 font-size: 12px; font-weight: normal; text-align: left; margin: 0; padding: 0; top: 25px; float: left; border-style: solid solid dotted inse
 font-size: 12px; font-weight: bold; line-height: 18pt; background-color: #f90; margin: 1em 0; padding-left: 15px }
 font-size: 12px; font-weight: bold; margin: 5px 0 5px 5px; padding-left: 5px; border-left: 5pt outset #39f }
 font-size: 12px; font-weight: bold; background-color: orange; padding: 1px 0 1px 5px; border-style: none none dotted outset; bord
 font-size: 12px; font-weight: bold; background-color: #3f0; padding-top: 1px; padding-bottom: 1px; padding-left: 5px; border-left: 6
e { font-size: 12px; line-height: 20px }
 background-color: orange; border: solid 1pt black }
2 { padding: 3px; border: solid 1px #505050 !important }
3 { background-color: #4d9bcc }
4 { border-bottom: 1px dotted #3f0; border-left: 6px ridge #06f }
5 { padding-top: 5px }
/style>

         <body bgcolor="#ffffff" leftmargin="0" marginheight="0" marginwidth="0" topmargin="0">
                        <table width="628" border="0" cellspacing="0" cellpadding="0">
                                      <tr>
                                                     <td><script type="text/javascript">


     <td valign="top" height="58">MISS MAGAZINE NEWS &amp; UPDATE<br>
         <IFRAME SRC="news_mini.html" marginwidth="2" marginheight="2" FRAMEBORDER="1" align="top" WIDTH="620" HEIG
     <td valign="top"><a href="http://www.yanmaga.kodansha.co.jp" target="_blank"><img src="img/banner/ym.gif" alt="" width="9
h="90" height="30" border="0"></a>     <a href="http://www.kodansha.co.jp" target="_blank"><img src="img/banner/kodansha.gif
h="90" height="30" border="0"></a>     <a href="http://mgnet.jp/" target="_blank"><img src="img/banner/net.gif" alt="" width="90"
ht="31" border="0"></a></td>
     </tr>
       <td valign="top">     <a href="http://www.tbs.co.jp/" target="_blank"><img src="img/banner/tbs_01.gif" alt="" width="88" heigh
der="0"></a>     <a href="http://www.fanta.jp/" target="_blank"><img src="img/banner/fanta_bn.gif" alt="" width="90" height="31" b
="http://www.sphereleague.com/" target="_blank"><img src="img/banner/88_31.gif" alt="" height="31" width="88" align="top" bo
n="top" border="0"></a></td>
     <td><a href="http://www.gyao.jp/idol" target="_blank"><img src="img/banner/missmaga_gyao.gif" alt="" border="0"></a>     <
et="_blank"><img src="img/banner/88x31bon.gif" alt="" border="0"></a>     <a href="http://www.sskports.com/hummel/" target=
```

後記

隨著《攻殼機動隊 1.5》出版，漫畫的攻殼機動隊也在此結束，謝謝讀者們的厚愛，裡頭可沒有一般人所謂的「感動大結局」（笑）。如果想要讓這套故事像電視連續劇一般繼續演下去，它的確是有許多（只要真的有心的話）接續的可能形式，不過我的職責就到此為止，之後我與攻殼機動隊有關聯的工作應該只剩下畫集了吧（還不知道會不會出版）。未來有機會再見了，或者在別部作品見，BYE 囉。